· 语 文 阅 读 推 荐 丛 书 ·

# 惠特曼诗选

[美] 沃尔特·惠特曼／著   楚图南 李野光／译

人民文学出版社

图书在版编目（CIP）数据

惠特曼诗选/（美）沃尔特·惠特曼著；楚图南，李野光译.—北京：人民文学出版社，2018（2020.8重印）
（语文阅读推荐丛书）
ISBN 978-7-02-014289-7

Ⅰ.①惠… Ⅱ.①沃… ②楚… ③李… Ⅲ.①诗集—美国—近代 Ⅳ.①I712.24

中国版本图书馆 CIP 数据核字（2020）第 139050 号

| 责任编辑 | 陈 黎 |
| 装帧设计 | 李思安 崔欣晔 |
| 责任印制 | 任 祎 |

| 出版发行 | 人民文学出版社 |
| 社　　址 | 北京市朝内大街 166 号 |
| 邮政编码 | 100705 |
| 网　　址 | http://www.rw-cn.com |

| 印　　刷 | 北京中科印刷有限公司 |
| 经　　销 | 全国新华书店等 |

| 字　　数 | 140 千字 |
| 开　　本 | 650 毫米×920 毫米　1/16 |
| 印　　张 | 18　插页 1 |
| 印　　数 | 25001—26000 |
| 版　　次 | 2018 年 7 月北京第 1 版 |
| 印　　次 | 2020 年 8 月第 3 次印刷 |

| 书　　号 | 978-7-02-014289-7 |
| 定　　价 | 24.00 元 |

如有印装质量问题，请与本社图书销售中心调换。电话:010-65233595

# 目　次

导读 …………………………………………………… *1*

**铭言集**

我歌唱一个人的自身 ………………………………… *1*
当我阅读那本书 ……………………………………… *2*
开始我的研究* ………………………………………… *3*
我听见美洲在歌唱* …………………………………… *4*
从巴门诺克开始（节选）* …………………………… *6*
自己之歌* ……………………………………………… *11*

**亚当的子孙**

从滚滚的人海中* ……………………………………… *109*

**芦笛集**

我在春天歌唱着这些* ………………………………… *111*
在路易斯安那我看见一株活着的橡树正在生长* …… *114*
当我细读英雄们获得的名望 ………………………… *116*
这里是我的最脆弱的叶子 …………………………… *117*

给一个西部地区的少年 ················································ 118
如今生机旺盛 ······················································ 119
大路之歌* ························································ 120
横过布鲁克林渡口* ················································ 137

### 候鸟集
开拓者哟！啊，开拓者哟！* ········································ 148
我自己和我所有的一切 ············································ 155

### 海流集
泪滴* ···························································· 158
海里的世界 ······················································ 160

### 路边之歌
给一位总统 ······················································ 162
我坐而眺望* ······················································ 163
鹰的调戏 ························································ 165
难道你从没遇到过这样的时刻 ········································ 166

### 桴鼓集
敲呀！敲呀！鼓啊！* ·············································· 167
骑兵过河 ························································ 169
父亲，赶快从田地里上来* ·········································· 170
给两个老兵的挽歌 ················································ 173
炮兵的梦幻 ······················································ 176

脸色晒黑了的草原少年啊！ ………………………… *179*
转过身来啊，自由 ……………………………………… *180*

## 林肯总统纪念集
当紫丁香最近在庭园中开放的时候* …………………… *182*
啊，船长，我的船长哟！* ……………………………… *196*

## 秋之溪水
牢狱中的歌手* …………………………………………… *198*
为丁香花季节而歌唱 …………………………………… *202*
奇迹 ……………………………………………………… *204*
驯牛者 …………………………………………………… *206*
清早漫步着 ……………………………………………… *208*
向印度航行 ……………………………………………… *210*

## 神圣的死的低语
神圣的死的低语* ………………………………………… *227*
一只无声的坚忍的蜘蛛* ………………………………… *228*
给一个即将死去的人 …………………………………… *229*
草原之夜* ………………………………………………… *231*
当我观看农夫在耕地 …………………………………… *233*

## 从正午到星光之夜
脸* ………………………………………………………… *234*
磁性的南方啊！ ………………………………………… *241*

高出一筹 ············································· *244*

**别离的歌**
日落时的歌 ········································· *246*
现在向海岸最后告别 ······························· *250*

附录一 七十生涯 ·································· *251*
给那些失败了的人 ·································· *251*
选自五月的风光 ···································· *252*
格兰特将军之死 ···································· *253*
老年的感谢 ········································· *254*
草原日落 ············································ *256*

附录二 再见了,我的幻想 ························ *257*
我的七十一岁 ······································· *257*
《草叶集》的主旨 ·································· *258*
再见了,我的幻想! ································ *260*

**老年的回声**
自由而轻松地飞翔 ·································· *262*
补充的时刻 ········································· *263*

知识链接 ············································ *264*

(凡带＊号者,均为楚图南旧译)

# 导　读*

　　从某些方面说，世界文学史上还找不到另一个范例，能像《草叶集》和惠特曼这样体现一部作品同它的作者呼吸与共、生死相连的关系。正如惠特曼在诗集（正编）结尾的《再见！》中向我们招呼的："同志，这不是书本，／谁接触它，就是接触一个人。"这个人便是诗人自己。

　　惠特曼生于美国独立后约半个世纪，也就是那个资产阶级共和国在新大陆蒸蒸日上的时代。他出生于长岛亨廷顿区西山村一个农民兼手工艺者的家庭，十一岁即离开学校开始独立谋生，先在律师事务所和医生诊所当勤杂工，后来到印刷厂当学徒和排字工，当乡村学校教师、报纸编辑和地方党报撰稿人。他在青少年时代接受了民主思想，成为一个杰斐逊和杰克逊式的激进民主主义者，同时开始学习写作，写些带伤感情调的小品、小说和诗歌。但是，正如他在政治上、在地方民主党内部斗争中频频被人利用和受到打击一样，他的文学创作也长期停滞在因袭

---

　　* 本导读原文为人民文学出版社1994年版《草叶集》前言。《惠特曼诗选》选自《草叶集》。

模仿的阶段,没有什么成就。这样,到一八四九年三十岁的时候,他才改弦易辙,毅然宣布退出政治活动,并下决心在文学事业中奋斗一番。经过好几年的默默探索,他于一八五五年推出了《草叶集》。

惠特曼在《过去历程的回顾》中谈到自己写《草叶集》的背景、动机和它的主旨时说:"我没有赢得我所处的这个时代的承认,乃退而转向对于未来的心爱的梦想……这就是要发愤以文学或诗的形式将我的身体的、情感的、道德的、智力的和美学的个性坚定不移地、明白无误地说出并表现出来……"他又说:"在我的事业和探索积极形成的时候,(我怎样才能最好地表现我自己的特殊的时代和环境、美国、民主呢?)我看到,那个提供答案的主干和中心,必然是一个个性……这个个性,我经过多次考虑和沉思以后,审慎地断定应当是我自己——的确,不能是任何别的一个。"写我自己,以表现我的"特殊的时代和环境、美国、民主"——这便是《草叶集》的主旨,是惠特曼当初的"梦想",经过他三十七年的不懈努力,也基本上实现了。

《草叶集》问世前,美国文学已在浪漫主义运动与超验主义哲学相结合的基础上呈现出一片繁荣,但它主要仍是英国文学传统移植到新大陆的产物。尤其是诗歌界,在新英格兰学院派诗人的控制下,因循守旧的势力仍相当顽强,与当时雄心勃勃的政治面貌和日新月异的经济形势很不相称。以爱默生为代表的革新派思想家和作家一再提出要建立美国自己的民族民主的新文学。例如爱默生一八四二年在《论诗人》的演讲中表示,希望美国诗坛上将出现那种"有专断的眼光,认识我们的无与伦比的物质世界",并歌唱"我们的黑人和印第安人……以及北部企业、南部种植业和西部开发"①的歌手。就是在这样的历史隘口,惠特曼闯了出来,开始以崭新的姿态和自己的高昂的声调歌唱。因此,《草叶集》的出版不仅是惠特曼个人文学生涯的真正开端,而且是美国文学史上一件"石破天惊"的大事。不过,由于它从内容到形式,从思想到语言,都与当时流行的美国诗歌和整个英语诗学传统大不相同,使得美国文学界用来迎接它的先是无情的冷落,接着便是恶毒的嘲讽和漫骂。惟独爱默生立即给惠特曼发出贺信,称赞它是"美国迄今做出的最不平凡的一个机智而明睿的贡献"。

《草叶集》初版有一长篇序言,其中,把爱默生提到过的想法加以具体化和发展,指出"别处的诗歌停留在过去——即它们的现成状态,而美国的诗歌则在未来"。但是,惠特曼在抵制和批判英国文学传统的控制方面大大超越了爱默生,几乎否定了从乔叟到丁尼生的整个英国诗歌,并对当时包括爱默生在内的美国诗坛采取了完全对立的态度,这无疑是过于偏激的。实际上,惠特曼既不是一个超乎历史传统之外的所谓受到"天启"的歌手,也不是如他自己所说的一个"粗人"。他在四十年代和五十年代前期积累了丰富的文学知识,吸收了英美文学传统中各方面的营养;甚至到《草叶集》问世以后还在继续向同辈诗人的作品借鉴,并总结自己的经验教训逐渐向传统靠拢②,以致许多批评家又反过来指责他中期以后便失去了原有的创新精神。

---

① 爱默生:《论说文集》,美国 A. L. 布尔特公司,第 287 页。
② K. M. 普赖斯:《惠特曼与传统》,耶鲁大学出版社,1990,第三章。

显然,惠特曼是一个适应时代、善于在批判中继承和在借鉴中创新的诗人,只不过批判和创新在他那里居于主要地位,早期特别突出,所取得的成就和在历史上留下的影响也最为显著。

《草叶集》从初版到"临终版",始终以《自己之歌》作为"主干和中心"。这首长诗内涵深广,气象恢宏,颇有睥睨当代、驰骋古今之势,不愧为十九世纪以来世界文学中最伟大的长诗之一。但它问世后首先引起强烈反应的主要是以下两点:一是诗中那个"我自己"往往被读者看成完全是诗人的自我写照,他粗暴傲慢,令人反感;二是诗人将性欲作为宇宙发展的基本冲动来写,或者说借性的意象来表现肉体与灵魂相互依存的关系,这大大冒犯了传统道德的禁忌。前一点经诗人的朋友和他自己说明,强调诗中歌颂的主要是那个大"我"即十九世纪美国普通人的代表以后,又引起了"自己"的两重性,二者纠缠不清,令人迷惑。后一点则到一八六〇年第三版的《亚当的子孙》反而有所发展,人们索性称之为"性诗",结果在内战期间惠特曼竟因此被内政部长免职,一八八二年《草叶集》被波士顿检察官列为"秽亵"读物,禁止发行。不过惠特曼始终坚持自己的观点,直到一八八八年仍郑重申明:"我三十年来确定的信念和审慎的修订已肯定那些诗行,并禁止对它们做任何的删削。"这里还应当指出,《芦笛集》中那些歌颂"伙伴之爱"的短诗,也有不少批评家认为流露着"同性爱的渴望",但惠特曼对此做过严正的辩解,说"伙伴之爱"是作为"男人与男人"之间亲密团结的纽带,为美国的强大巩固和世界人民的友好关系提供一个可靠的基础。诗人晚年的朋友 S.肯尼迪也说《芦笛集》是"惠特曼写友谊和民主精神的美丽诗篇"。这个观点是可以接受的,尽管组诗中有些篇什像《亚当的子孙》一样,写得略嫌浅露,很难避免人们的怀疑和争论。

《草叶集》中正面写诗人自己和他的"国家与时代"以及普通人的精神面貌的诗篇很多,除《自己之歌》外,分量较重的还有《大路之歌》《欢乐之歌》《斧头之歌》《各行各业的歌》,以及《开拓者哟！啊,开拓者哟!》等等。《桴鼓集》在《草叶集》里占有特殊地位,被誉为美国南北战争时期的史诗,诗人自己也满意地说它"作为一个艺术品比较完整……表达了我经常想着的那个创作雄心,即在诗中表现我们所在的这个时代和国家,连同那……血淋淋的一切"。至于中后期的重要诗篇,如《向印度航行》《红木树之歌》《哥伦布的祈祷》,虽然大都是从当时诗人的境遇(如健康状况恶化)出发对环境、历史、生命的思索和咏叹,有时情调比较低沉,甚至带有若干宗教色彩,但视野宽广,立意高深,仍不失其天然活力和傲岸不屈的风貌。

惠特曼骄傲地宣称:他的诗中没有了"旧世界赞歌中高大突出的人物",而有的是"作为整个事业及未来主要成就的最大因素的各地普通农民和机械工人",这是符合实际的。他既是自然的诗人也是城市的诗人。当英美诗人们纷纷从城市向乡村逃遁时,他却在钢铁时代的纽约纵情高歌,既歌唱高山、大海、草原,也歌唱火车头、电缆、脱粒机,这些都是新大陆、新时代的产物,他把它们一起拥抱。

惠特曼一般不主张以诗歌代替宣传,直陈慷慨,但是当正义事业被无情扼杀时,当人道主义接触到革命火花时,他也会义愤填膺,疾呼震地,如《啊,法兰西之星》便是这方面的代表作。至于他后期的散文,特别是政论文章,其锋芒就更加犀利了。

不过,正如惠特曼的社会政治思想的核心是民主和人道主义,是自由、平等、博爱的观念,他的哲学观点主要是在黑格尔——卡莱尔——爱默生的熏陶下形成的,甚至还可能受到过古代印度吠檀多派哲学神秘主义的影响。这些反映在《草叶集》中,不仅有那个时隐时现的"上帝"或"超灵",还有某些诗和某些节段中那种玄奥莫测、连他自己也说"不好解释"的东西。如《歌唱那神异的正方形》,至少在我们看来是太"神异"了!

从诗歌艺术的角度看,一般认为《草叶集》的一个最大特点是"自由"。惠特曼主张:为了描述宇宙万物的丰富多样的表现,为了适应重大的现代主题、群众经验、科学进步和工业社会中的新鲜事物,必须创造一种崭新的诗体,将传统的常规如脚韵、格律等等予以摒弃。他甚至高呼:"现在是打破散文与诗之间的形式壁垒的时候了。"这一主张虽然符合历史潮流的方向,但流于偏激,走到了另一极端,便很难为评论界和读者所赞赏。当然,惠特曼毕竟是写诗,他不能不保留诗歌形式中的某些成分,如《草叶集》中经常出现的头韵、半押韵、重复、叠句、平行句等等。同时他以诗行中的短语构成一种隐约的内部节奏;在某些较长的诗中,有时随着奔放的激情形成一种波澜起伏、舒卷自如的旋律,也是很难得的。至于批评家说的《草叶集》艺术上的另一特点,即与"自由"相伴而来的"单调",则主要是指那些既烦琐又冗长的"列举",尽管在理论上可以用诗人的"精神民主"思想来加以解释,处理得恰当时也能发挥铺张声势的作用,但过犹不及,对于多数读者来说也是碍难接受的。好在到了后期,惠特曼在这方面已有所收敛。

概括惠特曼诗风的艺术特色,弗·奥·马西森在《美国文艺复兴》①中提出了著名的三个比拟,即演讲、歌剧、海洋。

惠特曼从小羡慕那些"天然雄辩"的演说家,后来还想以"旅行演说"为职业,但没有成功,却在诗歌创作中实践了他所追求的自然而明晰的、"经常控制人的听觉"的演讲风格。例如他的诗中到处使用第二人称代词,便是为了制造一种直接对话和正面呼吁的气氛。不过这一特点产生的效果并不怎么理想,有时反而助长松散的弊病。惠特曼在四十年代末和五十年代前期经常看歌剧,特别欣赏意大利的几位歌唱家,后来写诗时便有意无意地模仿这种乐调。例如,被誉为创作手法上一个新的开端的《从永久摇荡着的摇篮里》,诗人便宣称是"严格地遵循着意大利歌剧的结构方法",主要是运用宣叙调和咏叹调,加强了艺术魅力。在这方面获致成功的范例还有《当紫丁香最近在庭园中开放的时候》,以及《暴风雨的壮丽乐曲》等。至于大海,这可能是惠特曼得益最大的一个灵感之源。诗人从小喜爱在海滩玩耍,脑子里很早就有了海涛"这个流动而神秘的主题"。他相信"一首伟大的诗必须是不急也不停地"向前奔流,并毕生追求这种风格。《草叶集》中那些随意涌流的长句,汩汩不停的词语,以及绵绵不绝的意象与联想,便是这种风格的体现。

惠特曼在南北战争时期作为义务护理员在华盛顿陆军医院照料伤兵,由于过分劳累并得过一次伤口感染,身体逐渐虚弱。

---

① 弗·奥·马西森:《美国文艺复兴》,牛津大学出版社,1946。

一八七三年二月他终于发病得了偏瘫症,接着五月丧母,从此他的精神状态和文学生涯都进入了晚期。这个时期的重要作品除了前面提到过的几篇外,还有不少清新隽永的短章,以及散文集《典型日子》中的最大部分。他在一八八一年写的《四诗人礼赞》中,对爱默生、布赖恩特、惠蒂埃和朗费罗作了比较客观公允的评价。到一八八八年写《过去历程的回顾》时,更实事求是地估计了自己的成就,但同时表明他的创作思想和方向并没有改变。一八九一年他最后编定了《草叶集》。

《草叶集》从一八五五年初版的十二首诗发展到一八九一至一八九二年"临终版"的四百零一首,记录着诗人一生的思想和探索历程,也反映出他的时代和国家的面貌,所以说这不仅是他的个人史诗,也是十九世纪美国的史诗。惠特曼认为一件艺术作品应当是个有机体,有它自己诞生、成长和成熟的过程。他在整个后半生以全部心血不倦地培植这个"有机体",每个新版在充实壮大的同时都做了精心的调整组合,直到最后完成这个符合诗人理想的有机结构:《铭言集》标示诗集的纲领,紧接着以《自己之歌》体现其总的精神实质;《亚当的子孙》和《芦笛集》以爱情和友谊象征生命的发展、联系和巩固;《候鸟集》《海流集》和《路边之歌》表现生命的旅程,《桴鼓集》和《林肯总统纪念集》便是旅程中的一个特殊阶段;然后是《秋之溪水》《神圣的死的低语》和《从正午到星光之夜》,它们抒写从中年到老年渐趋宁静清明的倾向;最后以《别离的歌》向人生告辞,另将一八八八年以后的新作《七十生涯》和《再见了,我的幻想》作为附录。最后一辑《老年的回声》,是诗人预先拟定标题,后来由他的遗著负责人辑录的。在上述各辑之间,那些既从属于《自己之歌》又各有独立主题,且能承前启后的较长诗篇,也可以连缀成另一个"有机"组合,它以《从巴门诺克开始》打头,由《巴门诺克一景》殿后,暗示诗人从故乡出发遍历人世,最后又回到了故乡。对于这个"有机"结构,美国著名惠特曼专家盖·威·艾伦教授在他的《惠特曼手册》[①]中做了精详的分析,但它同时说明诗人是在按自己的理论和意图精心编排他的诗集,其中不少篇章与它们所归属的各辑标题并无内在联系,写作时间更相距甚远,显得有些勉强。不过,这对于领会诗人心目中的《草叶集》的主旨和精神还是颇有启发性的。

《草叶集》,这部以自然界最平凡、最普遍而密密成群、生生不息之物命名、面向人类社会芸芸众生的诗集,尽管按照诗人自始至终的意图完成了,并且达到了当初的主要目的,即开创一种新的诗风,但另一方面却没有如诗人所设想的那样赢得广大读者,因为即使到今天,惠特曼在国内的"忠实"读者也还限于那些"可能同情并接受一种激进的新的民主诗歌、有文化而不满现状的中产阶级人士"[②]。这种状况与诗人在反对传统中走得太远有关,同时也来自历史与现实加诸他的制约,那是无法凭主观去否定的。不过,惠特曼毕竟开创了新的诗风,它对美国和世界上许多国家近百年来的诗歌运动都有相当的影响。这种影响虽然随着客观形势的发展和变迁而波动起伏,但总的说来是在不断扩大深入。盖·威·艾伦说过:惠特曼的观点,尤其是他的人道主义、神秘主义,以及重视现今和不加修饰的实用风格,非

---

[①] 纽约亨德利克出版社,1962年版。
[②] K.M.普赖斯:《惠特曼与传统》,第54页。

常适用于二十世纪的西方国家①,看来,这一论断至今仍有意义。在美国,惠特曼诗风已形成一个传统,成为自由派与学院派进行斗争的武器,青年诗人冲破保守樊篱、大胆创新的榜样。因此,正如罗·哈·鲍尔斯所指出的,"二十世纪的美国诗歌实质上是一系列与惠特曼的争论"②。《草叶集》出版百周年前后,对惠特曼传统曾进行过一次颇具规模的检阅,其中在爱荷华大学举行的以学术讨论为中心的集会最为隆重丰富,它给人的印象是:惠特曼在美国文学史上的崇高地位已不是哪些流派的拥戴与否所能动摇的了,尽管他作为一个重大主题在文学思想和诗歌艺术领域中引起的争论还会长远地继续下去。

李 野 光

---

① 盖·威·艾伦:《惠特曼手册》,第495页。
② 罗·哈·鲍尔斯:《美国诗歌的延续》,普林斯顿大学出版社,1961,第57页。

铭言集

## 我歌唱一个人的自身

我歌唱一个人的自身,一个单一的个别的人,
不过要用民主的这个词、全体这个词的声音。

我歌唱从头到脚的生理学,
我说不单只外貌和脑子,整个形体更值得歌吟,
而且,与男性平等,我也歌唱女性。

我歌唱现代的人,
那情感、意向和能力上的巨大生命,
他愉快,能采取合乎神圣法则的最自由的行动。

# 当我阅读那本书

当我阅读那本书、一本著名传记的时刻,
那么(我说),这就是作家称之为某个人的一
　生了?
难道我死之后也有人来这样写我的一生?
(好像有人真正知道我生活中的什么,
可连我自己也常常觉得我很少或并不了解我真正
　的生活,
我只想从这里找出能为我自己所用的一些些
　暗示,
一些些零散而模糊的、可供追踪的谋略和线索。)

# 开始我的研究

一开始我的研究,最初的一步就使我非常地欢喜,
只看看意识存在这一简单的事实,这些形态,运动力,
最小的昆虫或动物,感觉,视力,爱,
我说最初的一步已使我这么惊愕,这么欢喜,
我没有往前走,也不愿意往前走,
只一直停留着徘徊着,用欢乐的歌曲来歌唱这些东西。

# 我听见美洲在歌唱

我听见美洲在歌唱,我听见各种不同的颂歌,
机器匠在歌唱着,他们每人歌唱着他的愉快而强
　　健的歌,
木匠在歌唱着,一边比量着他的木板或梁木,
泥瓦匠在歌唱着,当他准备工作或停止工作的
　　时候,
船家歌唱着他船里所有的一切,水手在汽艇的甲
　　板上歌唱着,
鞋匠坐在他的工作凳上歌唱,帽匠歌唱着,站在那
　　里工作,
伐木者、犁田青年们歌唱着,当他们每天早晨走在
　　路上,或者午间歇息,或到了日落的时候,
我更听到母亲的美妙的歌,正在劳作的年轻的妻
　　子们的或缝衣或洗衣的女孩子们的歌,
每人歌唱属于他或她而不是属于任何别人的一切,

白昼歌唱白昼所有的,晚间,强壮而友爱的青年们
　的集会,
张嘴唱着他们的强健而和谐的歌。

# 从巴门诺克[①](开始)(节选)

## 1

从鱼形的巴门诺克开始,
那是我为一个完美的母亲所生养并受她抚育的地方,
我曾经漫游过许多地方,极爱好热闹的街道,
居住在我的曼纳哈达城或南部的草原上,
或曾经是一个驻扎在营盘里,或是背负着行囊和步枪的兵士,或者是一个加利福尼亚的矿工,
我曾在达科他森林的家中,过着简朴的生活,食肉饮泉,
或者退到深藏着的隐僻的地方,远离人群的喧闹,
在那里深思冥想,度过快乐和幸福的时刻,

---

① 巴门诺克,印第安人对长岛之旧称,是惠特曼的故乡。

我看到了新鲜的不吝施与的密苏里的巨流,看到
　　了伟大的尼亚加拉大瀑布,
看到了在平原上吃草的野牛群,看到了多毛的、
　　胸腹广阔的牡牛,
看到了大地和岩石,鉴赏了五月的花朵,见星星、
　　雨、雪而感到惊异,
研究过反舌鸟的歌喉和山鹰的飞翔,
听见过天晓时在水杉中隐居的无比的鸫鸟的
　　歌声,
它寂寞地在西方歌唱着,我也歌唱着一个新的
　　世界。

## 2

胜利、联合、信仰、一致、时间:
不可分解的结合、富裕、神秘、
永恒的进步、宇宙和现代的传说。

这便是生活,
这便是经过了多少苦痛的痉挛之后出现于表面的
　　东西。
多么新奇!多么真实啊!
足下是神圣的土地,头上是太阳。

看哪,旋转着的地球,

古老的大陆在远处聚在一起,
现在与未来的大陆在南北分立中间则有着地峡。

看哪,广大的无垠的空间,
如像在梦中一样地变化着,并迅速地充实起来,
在这上面,涌现了无数的人群,
现在满是已知的最先进的人民、艺术、制度。

看哪,通过时间,将出现
我的无穷无尽的听众。

他们用坚定而有规律的步子走着,永不停留,
连续不断的人,美洲人,一万万的人民,
每一世代都履行了它的职务,然后退下去了,
别的世代又接着履行它们的职务,又轮流着退下
　　去了,
但它们都转回头或侧着脸在向我凝望,
以回顾的眼神望着我,在细细地倾听。

## 3

美洲人哟!胜利者哟!人道主义的先进的人
　　群哟!
最前进的哟!世纪的前进的队伍!获得解放的
　　群众!

这便是为你们预备的一张歌谣的节目。

草原的歌谣,
长流的一直流到墨西哥湾的密西西比河的歌谣,
俄亥俄、印第安纳、伊利诺斯、衣阿华、威斯康星和明尼苏达的歌谣,
歌声从中心,从堪萨斯发出,由此以同等的距离,
向外投射永不停息的火的脉搏,使一切生气勃勃。

## 4

接受我的这些草叶吧,美洲,把它们带到南方和北方去。
使它们在各处受到欢迎,因为它们乃是你自己所生育的东西,
使东方和西方环绕着它们,因为它们将环绕着你,
你们先行者啊,亲密地和它们联系着吧,因为它们正亲密地和你们联系在一起。

我曾细心研究过去,
我曾坐在伟大的导师们足下学习,
现在要是适宜,那些伟大的导师,也可以回转头来对我加以研究。

我难道会以现在的美国各州的存在而来蔑视古

代么?

不,这些州原是从古代诞生的子孙,并将为古代辩明。

# 自己之歌

## 1

我赞美我自己,歌唱我自己,
我所讲的一切,将对你们也一样适合,
因为属于我的每一个原子,也同样属于你。

我邀了我的灵魂同我一道闲游,
我俯首下视,悠闲地观察一片夏天的草叶。

我的舌,我的血液中的每个原子,都是由这泥土这
　　空气构成,
我在这里生长,我的父母在这里生长,他们的父母
　　也同样在这里生长,
我现在是三十七岁了,身体完全健康,
希望继续不停地唱下去直到死亡。

教条和学派且暂时搁开,
退后一步,满足于现在它们所已给我的一切,但绝不能把它们全遗忘,
不论是善是恶,我将随意之所及,
毫无顾忌,以一种原始的活力述说自然。

## 2

屋宇和房间里充满了芳香,框架上也充满了芳香,
我自己呼吸到这种芳香,我知道它,我欢喜它,
这种芬芳的气息,要使我沉醉,但我不让自己沉醉。

大气并不是一种芳香,它没有熏香之气,它是无嗅的物质,
但它永远适宜于我的呼吸,我爱它,
我愿意走到林边的河岸上,去掉一切人为的虚饰,赤裸了全身,
我疯狂地渴望能这样接触到我自己。

我自己呼出的气息,
回声、水声、切切细语、爱根草、合欢树、枝杈和藤蔓,
我的呼气和吸气,我的心的跳动,血液和空气在我

的肺里的流动，

嫩绿的树叶和干黄的树叶，海岸和海边的黝黑的岩石和放在仓房里面的谷草所吐的气息，

我吐出来散布在旋风里的文字的声音，

几次轻吻，几次拥抱，手臂的接触，

在柔软的树枝摇摆着的时候，枝头清光和暗影的嬉戏，

独自一人时的快乐，或在拥挤的大街上、在田边、在小山旁所感到的快乐，

健康之感，正午时候心情的激动，由床上起来为迎接太阳而发出的我的歌声。

你以为一千亩是很多了么？你以为地球是很大了么？

你已有了长久的实习，学到了读书的能力了么？

你在理解了诗歌的意义的时候曾感到非常骄傲么？

和我在一处待过一日一夜，你就会有了一切诗歌的泉源，

你将会得到大地和太阳的一切美善，（还有千万个太阳留在那里，）

你将不再会间接又间接地去认识事物，也不会通过死人的眼睛去观看一切，也不会以书本里的假象和鬼影作为你的粮食，

你也不会通过我的眼睛观察,从我去获得一切,
你将静静地向各方面倾听,经过你自己而滤取
　　它们。

## 3

我曾经听过谈话者的谈话,谈到了终与始,
但我并不谈论终与始。

从前没有过像现在这样多的起始,
也没有像现在这样多的青春和年岁,
将来也不会有像现在这样多的完美,
也不会有比现在更多的地狱或天堂。

冲动,冲动,冲动,
永远是世界的生殖的冲动!
相反而相等的东西从朦胧中产生出来,永远是物
　　质,永远在增加,永远是性的活动,
永远是一致的结合,永远有区分,永远是生命的
　　滋生。

这用不着详为解释,博学的人和愚昧的人都感觉
　　到确是如此。

如同最确定的东西一样地确定,完完全全地正直,

结结实实地拴牢在一起,
如同马匹一样地强壮、热情、骄傲、有电力,
我和这种神秘,我们站在这里。

我的灵魂是明澈而香甜的,非我灵魂的一切也是
　　明澈而香甜的。

一者缺则二者俱缺,不可见的东西由可见的东西
　　证明,
等到它又变为不可见的东西的时候,那就轮到它
　　又被别的东西所证明。

指出最美好的,并把他同最坏的东西区别开来,是
　　一世代带给另一世代的烦恼,
但我知道万物都是非常和谐安定的,当他们争论
　　着的时候,我却保持沉默,我自去沐浴,赞美我
　　自己。

我的每一种感官和属性都是可爱的,任何热情而
　　洁净的人的感官和属性也是可爱的,
没有一寸,没有一寸中的任何一分是坏的,也没有
　　任何一部分比其余的对我较为陌生。

我已很满足,——我看,我跳舞,我欢笑,我歌唱;
紧抱着我那和我相爱的同寝者,通夜睡在我的身

15

边,当天一亮,就轻脚轻手地走了,
留下盖着白毛巾的篮子,满屋子到处都是,
难道我应当踌躇于接受和认识,并责备我的两眼,
叫它们别向大路上凝望,
而应立刻为我清清楚楚地核算,
这一件值多少,那两件值多少,或究竟哪一件最
　　好么?

## 4

旅行者和探问者围绕着我,
我所遇到的人民,我早年的生活,或者我所生存的
　　市区或国家对于我的影响,
最近的消息、新的发现、发明、社会、新的和旧的著
　　作家、
我的饮食、衣服、亲朋、外表、问候、债务,
我所爱的一些男人或女人的实际的或想象的
　　冷漠,
我的家人或我自己的病患或错误、金钱的遗失或
　　缺乏、或抑郁不欢、或者情绪高昂,
战役、内争的恐怖、可疑的新闻的狂热、时紧时松
　　的事件,
这一切日日夜夜接近我,又从我这里离去,
但这一切并不是我。

不管任何人的拉扯，我站立着，
快乐，自足，慈悲，悠闲，昂然地独立着，
往下看，仍然一直挺着胸膛，或者屈着一条胳臂靠
　　在一个无形的但是可靠的支柱上，
歪着头看着，好奇地观望着，且看会有什么事
　　发生，
自己身在局中而又在局外，观望着亦为之惊奇。

往回看，我看见了我过去的日子，我流着汗同语言
　　学家和辩论家在云雾中争斗，
现在我没有嘲笑和申辩，我只是看着，期待着。

# 5

我相信你，我的灵魂，但我绝不使别人向你屈尊，
你也不应该对别人自低身份。

和我在草上优游吧，松开你的嗓子，
我不需要言语、或者歌唱、或者音乐，不要那些俗
　　套或一番演说，即使是最好的我也不需要，
我只喜欢安静，喜欢你的有调节的声音的低吟。

我记得有一次我们如何躺在明澈的夏天的清晨，
你如何将你的头，压住我的大腿，柔和地在我身上
　　转动，

并撕开我胸前的汗衣,将你的舌头伸进我裸露着的心,

直到你触到了我的胡子,直到你握住了我的双足。

立刻一种无与伦比的安宁与知识,迅速地在我的周围兴起和展开,

因此我知道了上帝的手便是我自己的诺言,

上帝的精神便是我自己的弟兄,

而一切出生的人也都是我的弟兄,一切女人都是我的姊妹和我所爱的人,

而造化的骨架便是爱,

无穷无尽的是僵枯地飘落在田地里的树叶子,

和叶下小孔里的棕色的蚁,

是虫蛀的藩篱上面的苔藓、乱石堆、接骨木、毛蕊花、牛蒡草。

## 6

一个孩子说:草是什么呢?他两手满满地摘了一把送给我,

我如何回答这个孩子呢,我知道的并不比他多。

我猜想它必是我的意向的旗帜,由代表希望的碧绿色的物质所织成。

或者我猜想它是神的手巾,
一种故意抛下的芳香的赠礼和纪念品,
在某一角落上或者还记着所有者的名字,所以我们可以看见并且认识,并说是谁的呢?

或者我猜想这草自身便是一个孩子,是植物所产生的婴孩。

或者我猜想它是一种统一的象形文字,
它的意思乃是,在宽广的地方和狭窄的地方都一样发芽,
在黑人和白人中都一样地生长,
开纳克人、塔卡河人①、国会议员、贫苦人民,我给予他们的完全一样,我也完全一样地对待他们。

现在,它对于我,好像是坟墓的未曾修剪的美丽的头发。

卷曲的草哟! 我愿意待你以柔情,
你或者是从青年人的胸脯上生长出来的,
假使我知道他们,我会很爱他们,
或者你是从老年人、从很快就离开了母亲怀抱的婴儿身上生长出来的,

---

① 开纳克人,加拿大人之别称;塔卡河人,弗吉尼亚人之别称。

而在这方面你便是母亲的怀抱。

这片草叶颜色暗黑,不会是从年老的母亲的白头
　　上长出来的,
比老年人的无色的胡子还要暗黑,
这黑色倒像是出自于淡红色的上颚所覆盖下的
　　口腔。

啊,我终于看出这么多说着话的舌头了,
我看出它们所以是出于口腔不是没有原因的。

我愿意我能翻译出这关于已死的青年人和女人的
　　暗示,
关于老年人和母亲们和很快就离开了她们的怀抱
　　的婴儿们的暗示。

你想那些青年人和老年人结果怎样了?
你想那些妇人和小孩子们结果怎样了?

他们都在某地仍然健在,
这最小的幼芽显示出实际上并无所谓死,
即使真只有过死,它只是引导生前进,而不是等待
　　着要最后将生遏止,
并且生一出现,死就不复存在了。

一切都向前和向外发展,没有什么东西会消灭,
死并不像一般人所想象的,而是更幸运。

# 7

有人认为生是幸运的事么?
我将毫不迟疑地告诉他或她,死也是一样的幸运,
　　这我完全知道。

我和垂死者一起经过了死,和新堕地的婴儿一起
　　经过了生,我并非完全被限制于我的帽子和我
　　的皮鞋之间,
我细看各种事物,没有任何两件东西是相同的,但
　　各个都很美好,
大地是美好的,星星是美好的,附属于它们的一切
　　都是美好的。

我并不是大地,也不是大地的附属物,
我是人们的朋友和伴侣,一切都如我一样不朽而
　　且无穷,
(他们并不知道如何不朽,但我知道。)

每一种东西的存在都为着它的自身和属它所有的
　　一切,属于我的男性和女性为我而存在,
那些从前是男孩子而现在恋爱着女人的人为我而

存在,

那骄傲的、并以被人轻蔑为痛苦的男人为我而
　　存在,
情人和老处女为我而存在,母亲们和母亲们的母
　　亲们为我而存在,
微笑过的嘴唇,流过泪的眼睛为我而存在,
孩子们和孩子们的生育者也都是为我而存在。

去掉一切掩饰吧! 你对于我是无过的,你不会被
　　认为陈腐,也没有被抛弃,
透过白布和花布我能看出一切究竟,
我在你身边,执着不舍,追而不休,永不厌倦,也不
　　能被驱走。

## 8

幼小者睡在他的摇篮里,
我掀起帐纱看了好一会儿,并轻轻地用我的手挥
　　开了苍蝇。

儿童和红面颊的女孩走向路旁,爬上林木丛生的
　　小山,
我从山顶上窥望着他们。

自杀者的肢体躺卧在寝室里血污的地上,

我亲见那披着湿发的死尸,我看到手枪掉在什么
　　地方。

马路上的坎坷、车辆的轮胎、鞋底上的淤泥、闲游
　　者的谈话、
沉重的马车、马车夫和他表示疑问的大拇指、马蹄
　　走在花岗石上嗒嗒的声响,
雪车叮当的铃声、大声的说笑、雪球的投击,
大众表示欢迎的呼喊、被激怒的暴徒的愤怒,
蒙着帘幕的担架的颠动、里面是被送往医院的一
　　个病人,
仇人的相遇、突然的咒骂、打击和跌倒,
激动的群众、带着星章飞快地跑到群众中心去的
　　警察,
无知的顽石接受和送出的无数的回声。
中暑或癫痫患者因过饱或在半饥饿时发出的可怕
　　的呻吟,
忽然感到阵痛赶忙回家去生孩子的妇人的可怕的
　　叫喊,
始终在这里颤动着生存着或已被埋葬了的人的言
　　辞、被礼节遏止住的号泣,
罪犯的逮捕、玩忽、淫邪的勾引、接受、噘着嘴唇的
　　拒绝,
我注意到这一切,或是这一切的反映与回声——
　　我来到了我又离去了。

## 9

乡村里仓房的大门打开了,准备好一切,
收获时候的干草载上了缓缓拖拽着的大车,
明澈的阳光,照耀在交相映射的棕灰色和绿色上,
满抱满抱的干草被堆在下陷的草堆上。

我在那里,我帮忙操作,我躺在重载之上,
我感觉到轻微的颠簸,我交叉着两脚,
我跃过车上的横档,摘下一把苜蓿和稗子草,
我一个筋斗滚下来,头发上满是些稻草。

## 10

我独自在遥远的荒山野外狩猎,
漫游而惊奇于我的轻快和昂扬,
在天晚时选择了一个安全的地方过夜,
烧起一把火,烤熟了刚猎获到的野味,
我酣睡在集拢来的叶子上,我的狗和枪躺在我的
　　身旁。

高张风帆的美国人的快船,冲过了闪电和急雨,
我的眼睛凝望着陆地,我在船首上弯着腰,或者在
　　舱面上欢快地叫笑。

水手们和拾蚌的人很早就起来等待着我,
我将裤脚塞在靴筒里,上岸去玩得很痛快,
那一天你真该和我们在一起,围绕着我们的野餐
的小锅。

在远处的西边,我曾经看见猎人在露天举行的婚
礼,新妇是一个红种女人,
她的父亲和她的朋友们在旁边盘腿坐下,无声地
吸着烟,他们都穿着鹿皮鞋,肩上披着大而厚的
毡条,
这个猎人慢悠悠地走在河岸上,差不多全身穿着
皮衣,他的蓬松的胡子和卷发,遮盖了他的脖
颈,他用手牵着他的新妇,
她睫毛很长,头上没有帽子,她的粗而直的头发,
披拂在她的丰满的四肢上,一直到了她的脚胫。

逃亡的黑奴来到我的屋子的前面站着,
我听见他在摘取木桩上的小枝,
从厨房的半截的弹簧门我看见他是那样无力而
尪弱,
我走到他所坐着的木头边领他进来,对他加以
安抚,
我满满地盛了一桶水让他洗涤他的汗垢的身体和
负伤的两脚,

我给他一间由我的住屋进去的屋子,给他一些干
　　净的粗布衣服,
我现在还清楚地记得他的转动着的眼珠和他的局
　　促不安的样子,
记得涂了些药膏在他的颈上和踝骨的疮痕上面,
他和我住了一个星期,在他复元,并到北方去
　　以前,
我让他在桌子旁边紧靠我坐着,我的火枪则斜放
　　在屋子的一角。

## 11

二十八个青年人在海边洗澡,
二十八个青年人一个个都是这样地互相亲爱;
二十八年的女性生活而且都是那样的孤独。

她占有建立在高岸上的精美的房子,
她俊俏美丽穿着华贵的衣服躲在窗帘背后。

在这些青年人中她最爱谁呢?
啊,他们中面貌最平常的一个,她看来是最美丽。

姑娘哟! 你要到哪里去呢? 因为我看见你,
你一边在那里的水中嬉戏,一边却又静立在你自
　　己的屋子里。

跳着,笑着,沿着海边,第二十九个沐浴者来到了,
别的人没有看见她,但她看见了他们并且喜爱
　　他们。

小伙子们的胡子因浸水而闪光,水珠从他们的长
　　发上流下来,
流遍了他们的全身。

一只不可见的手也抚摩遍了他们的全身,
它微颤着从额角从肋骨向下抚摩着。

青年们仰面浮着,他们的雪白的肚子隆起着朝向
　　太阳,他们并没有想到谁紧抓住他们,
他们并没有知道有谁俯身向着他们在微微地
　　喘息,
他们并没有想到他们用飞溅的水花浇湿了谁。

## 12

屠户的小伙计脱下了他的屠宰衣,或者在市场的
　　肉案上霍霍地磨着屠刀,
我徘徊着,欣赏着他的敏捷的答话,和他的来回的
　　移动和跳舞。

胸脯汗渍而多毛的铁匠们围绕着铁砧,
每个人用尽全力,挥动着他的大铁锤,烈火发着
　　高温。

从满是炭屑的门边我注视着他们的动作,
他们柔韧的腰肢与他们硕大的手臂动作一致,
他们举手过肩挥动着铁锤,他们举手过肩那样沉
　　着地打着,又打得那样地准确,
他们不慌不忙,每个人都打在正合适的地方。

## 13

黑人紧紧地捏着四匹马的缰绳,支车的木桩在下
　　面束着它的链子上晃摇着,
赶着石厂里的马车的黑人,身体高大,坚定地一只
　　脚站在踏板上,
他的蓝衬衣露出宽阔的脖子而胸脯在他的腰带上
　　袒开,
他的眼神安静而威严,他从前额上将耷拉着的帽
　　缘向后掀去,
太阳照着他卷曲的黑发和胡子,照着他光泽而健
　　壮的肢体的黑色。

我看到这个图画般的巨人,我爱他,但并不在那里
　　停留,

我也和车辆一样地前进了。

无论向何处移动,无论前进或是后退,我永远是生
　　命的抚爱者,
对于隐僻地方和后辈少年,我都俯身观察,不漏掉
　　一人一物,
为了我自己、为着我的这篇诗歌我将一切吸收。

勤劳地负着轭或者停止在树荫下面的牛群哟,在
　　你的眼睛里所表现的是什么呢?
那对于我好像比我生平所读过的一切书籍还多。

我整天长游和漫步,我的步履惊起了野鸭群,
它们一同飞起来缓缓地在天空盘旋。

我相信这些带翅膀的生物有其目的性,
也承认那红的、黄的、白的颜色都能使我激动,
我认为这绿的、紫的和球状花冠都各有深意,
我更不因为鳖只是鳖而说它是无价值的东西,
树林中的噘鸟从来没有学习过音乐,但我仍觉得
　　它歌声很美丽,
栗色马的一瞥,也使我羞愧于自己的愚拙。

## 14

野鹅引导他的鹅群飞过寒冷的夜空,
它叫着"呀——嗬",这声音传来有如对我的一种
　　邀请,
无心人也许以为它毫无意义,但我却静静地谛听。
向着冬夜的天空,我看出了它的目的和它所在的
　　地方。

北方的纤足鼠、门槛上的猫、美洲雀、山犬,
母豚乳房旁用力吮吸着鸣叫着的小猪群,
火鸡的幼雏和半张着翅膀的母鸡,
我看出,在它们身上和我自己身上有着同一的悠
　　久的法则。

我的脚在大地上践踏流露出一百种感情,
我尽最大的努力也不能写出使它们满意的叙述。

我热爱户外的生活,
热爱生活于牛群中或尝着海洋或树林的气味的
　　人们,
热爱建筑者和船上的舵工,及挥动锤斧的人和
　　马夫,
我能够整星期整星期地和他们在一处饮食和

睡眠。

最平凡、最廉贱、最靠近、最简单的是自我，
我来此寻觅我的机会，为了丰厚的报酬付出一切，
装饰我自己，把我自己给与第一个愿接受我的人，
我并不要求苍天俯就我的善愿，
而只是永远无偿地将它四处散播。

## 15

风琴台上柔和的女低音在歌唱，
木匠在修饰着厚木板，刨子的铁舌发出咻咻的声音，
已结婚和未结婚的孩子们骑着马回家去享受感恩节的夜宴，
舵手抓住了舵柄用一只强有力的手臂将它斜推过去，
船长紧张地站在捕鲸船上，枪矛和铁叉都已预备好了，
猎野鸭的人无声地走着，小心地瞄准，
教会的执事们，在神坛上交叉着两手接受圣职，
纺织的女郎随着巨轮的鸣声一进一退，
星期日来此闲游并查看他的雀麦和裸麦的农夫停留在栅栏的旁边，
疯人被认为确患疯症终被送进了疯人院，

(他再不能如幼小时候在母亲寝室里的小床上
　　一样熟睡了;)
头发灰白下颚尖瘦的印刷工人在他的活字盘上工
　　作着,
他嚼着烟叶,眼光却蒙眬地看着原稿纸;
畸形的肢体紧缚在外科医生的手术台上,
被割去了的部分可怕的丢掷在桶里;
黑白混血的女孩子被放在拍卖场出卖,醉汉在酒
　　馆里的炉边打盹,
机器匠卷起了袖子,警察在巡逻,看门人在注视着
　　过路的人,
青年人赶着快车,(我爱他,虽然我不认识他;)
混血儿穿着跑鞋在运动会中赛跑,
西部的火鸡射猎吸引了老年人和青年人,有的斜
　　倚着他们的来复枪,有的坐在木头上,
从群众中走出了神枪手,他站好姿势,拿起枪来
　　瞄准,
新来的移民集团满布在码头上和河堤上,
发如卷毛的人在甜菜地里锄地,监工坐在马鞍上
　　看守着他们,
跳舞厅里喇叭吹奏了,绅士们都跑去寻觅自己的
　　舞伴,跳舞者相对鞠躬,
青年人清醒地躺在松木屋顶的望楼上静听着有节
　　奏的雨声,
密西根居民在休仑湖的小河湾地方张网捕猎,

红印第安人的妇女裹着黄色花边的围裙,拿着鹿
　　皮鞋和有穗饰的手袋子出卖,
鉴赏者沿着展览会的长廊半闭着眼睛俯视着,
水手们将船靠稳,船上的跳板为上岸的旅客抛
　　下来,
年轻的妹妹手腕上套着一绺线,年长的姐姐将它
　　绕上了线球,时时停下来解开结头,
新婚一年的妻子产后已渐复元,她因为一星期以
　　前已生下了头一胎的孩子而感到快乐,
有着美发的美国女子,在缝衣机上,或在工厂纱厂
　　工作着,
筑路者倚着他的双柄的大木槌,访员的铅笔如飞
　　一样地在日记本上书写,画招牌的人在用蓝色
　　和金色写着楷字,
运河上的纤夫在沿河的小道上慢慢地走着,记账
　　员在柜台上算账,鞋匠正在麻线上着蜡,
乐队指挥按节拍舞动指挥棍,全体演奏者都听从
　　他的指挥,
小孩子受洗了,这新皈依者正做着他的第一次的
　　功课,
竞赛的船舶满布在河湾里,竞赛开始了,(雪白的
　　帆是如何的闪耀着啊!)
看守羊群的牲畜贩子,向将要走失了的羊群呼
　　啸着,
小贩流着汗背着自己的货品,(购买者为着一分

钱半分钱争论不休;)

新娘子熨平了她的雪白的礼服,时计的分针却这么迟缓地移动着,

吸鸦片烟的人直着头倚靠着,大张着嘴,

卖淫妇斜拖着披肩,帽缘在她摇摇晃晃长满粉刺的脖子上颠动,

听到她的极下流的咒骂,众人嘲笑着做出怪相彼此眨眼,

(真可怜啊!我并不嘲笑你的咒骂,也不愿拿你开心;)

总统召开国务院会议,部长们围绕在他的周围,

在广场上,三个护士庄重地亲热地手挽着手,

捕鱼的船夫们将鲽鱼一层一层地装在篓子里,

密苏里人横过平原在点数着他的器物和牛群,

卖票人在车厢里来回走动,他让手中的零钱叮当发响以引人注意,

铺地板的人在铺地板,洋铁匠在钉着屋顶,泥水匠在呼叫着要灰泥,

工人们扛着灰桶,排成单行鱼贯前进;

岁月奔忙,无数的群众聚会,这是七月四日美国的国庆,(礼炮和枪声是多么的响哟!)

岁月奔忙,农人在耕耘,割草者在割着草,冬天的种子已在泥土里种下,

在湖沼边捕刀鱼的人,在湖面上的冰孔边守候着,期待着,

树桩密密地围绕在林中空地的周围,拓荒者用斧
　　头沉重地劈着,
黄昏时,平底船上的水手们,在木棉和洋胡桃树的
　　附近飞快地驶着,
猎山狸的人走过红河流域,或田纳西河和阿肯色
　　河所流灌的地方,
在加塔霍支或亚尔塔马哈①的暗夜中火炬的光辉
　　照耀着,
老家长们坐下来晚餐,儿子们、孙子们、重孙们围
　　绕在他们的身旁,
在瓦窑里,在天幕下,猎人们在一天的疲劳之后休
　　息了,
城市入睡了,乡村也入睡了,
生者在他应睡时睡下,死者也在他应长眠的时候
　　长眠,
年老的丈夫睡在他的妻子的旁边,年轻的丈夫也
　　睡在他妻子的身旁;
这一切都向内注入我心,我则向外吸取这一切,
这些都是或多或少的我自己,
也就是关于这一切的一切我编织出我自己的歌。

## 16

我既年轻又年老,既聪明又同样愚蠢,

---

① 加塔霍支和亚尔塔马哈为美国佐治亚州的两条河流。

我不关心别人,而又永远在关心别人,
是慈母也是严父,是一个幼儿也是一个成人,
充满了粗糙的东西,也同样充满了精致的东西,
是许多民族组成的一个民族中的一员,这里面最
　　小的和最大的全没有区分,
我是一个南方人,也是一个北方人,一个对人冷淡
　　而又好客的阿柯尼河边的农民,
一个准备着用自己的方法去从事商业的美国人,
　　我的关节是世界上最柔软的关节,也是世界上
　　最坚强的关节,
一个穿着鹿皮护腿行走在伊尔克山谷中的肯塔基
　　人,一个路易斯安那人或佐治亚人,
一个湖上、海上或岸边的船夫,一个印第安纳人,
　　一个威斯康星人,一个俄亥俄人;
喜欢穿着加拿大人的冰鞋或者在山林中活动,或
　　者和纽芬兰的渔人们在一起,
喜欢坐着冰船飞驶,和其余的人们划船或捕鱼,
喜欢生活在凡尔蒙特的小山上或者缅因的树林
　　中,或者得克萨斯的牧场上,
是加利福尼亚人的同志,是自由的西北方人的同
　　志,(深爱着他们的魁梧的体格,)
筏夫和背煤人的同志,一切在酒宴上握手言欢的
　　人的同志,
一个最朴拙的人的学生,一个最智慧的人的导师,
一个才开始的生手,然而又有无数年代的经验,

我是属于各种肤色和各种阶级的人,我是属于各
　　种地位和各种宗教的人,
我是一个农夫、机械师、艺术家、绅士和水手,奎克
　　派教徒、
一个囚徒、梦想家、无赖、律师、医生和牧师。

我拒绝超出自己的多面性以外的一切,
我呼吸空气,但仍留下无限量的空气,
我不傲睨一切,而只安于自己的本分。

(飞蛾和鱼卵有其自己的地位,
我看得见的光亮的太阳和我看不见的黑暗的太阳
　　也有其自己的地位,
可触知的一切有其自己的地位,不可触知的一切
　　也有其自己的地位。)

## 17

这真是各时代各地方所有的人的思想,并不是从
　　我才开始,
如果这些思想不是一如属我所有那样也属你们所
　　有,那它们便毫无意义或是很少意义,
如果它们不是谜语和谜底的揭示,那它们便毫无
　　意义,
如果它们不是同样地既接近又遥远,那它们便毫

无意义。

这便是凡有陆地和水的地方都生长着的草,
这便是浸浴着地球的普遍存在的空气。

## 18

我带着我的雄壮的音乐来了,带着我的鼓和号,
我不单为大家公认的胜利者演奏军乐,我也为被
　　征服者和被杀戮的人演奏军乐。

你听说过得到胜利是很好的,是么?
我告诉你失败也很好,打败仗者跟打胜仗者具有
　　同样的精神。

我为死者擂鼓,
我从我的号角为他们吹出最嘹亮而快乐的音乐。

万岁!一切遭受失败的人!
万岁!你们那些有战船沉没在大海里的人!
万岁!你们那些自己沉没在大海里的人!
万岁!一切失败的将领,一切被征服了的英雄!
万岁!你们那些与知名的最伟大的英雄们同样伟
　　大的无数的无名英雄们!

## 19

这是为大家共用而安排下的一餐饭,这是为自然
　　的饥饿准备的肉食,
不论恶人或正直的人都一样,我邀请了一切人,
我不让有一个人受到怠慢或是被遗忘,
妾妇,食客,盗贼,都在这里被邀请了,
厚嘴唇的黑奴被邀请,色情狂者也被邀请,
在这里他们与其余的人绝没有区别。

这是一只羞怯的手的抚摸,这是头发的轻拂和
　　香息,
这里我的嘴唇跟你的嘴唇接触,这里是渴望的
　　低语,
这是反映出我自己的面貌的遥远的深度和高度,
这是我自己的有深意的融入和重新的露出。

你想我一定有某种复杂的目的么?
是的,我有的,因为四月间的阵雨和一座大岩石旁
　　边的云母石也有它们的目的。

你以为我意在使人惊奇么?
白天的光辉也使人惊奇么?晨间的红尾鸟在树林
　　中的啁啾也使人惊奇么?

我比它们更使人惊奇么？

这时候我告诉你一些心里话，
我不会什么人都告诉，但我愿意告诉你。

## 20

谁在那里？这渴望的、粗野的、神秘的、裸体的人
　是谁？
我怎么会从我所吃的牛肉中抽出了气力？
总之，人是什么？我是什么？你是什么？

一切我标明属于我的东西你必须改为属于你，
否则听我说话将是白费时间。

我并不像那些对世界上一切都抱悲观的人那样哭
　哭啼啼，
认为岁月是空虚的，地上只是泥潭和污浊。

把呜咽啜泣，屈膝献媚跟药粉包在一起给病人去
　吃吧，传统的客套给与不相干的远亲，
我在户内或户外戴不戴帽子全凭自己高兴。

我为什么要祈祷呢？我为什么要处处恭顺有
　礼呢？

经过研究和仔细的分析,经过和医师的讨论及精
　　密的计算,
我发现贴在我自己骨头上的脂肪最为甘甜无比。

在一切人身上我看出了我自己,没有一个人比我
　　多一颗或少一颗麦粒,
我对我自己的一切褒贬对他们也同样适宜。

我知道我是结实而健康的,
宇宙间的一切永远从四面八方向我汇集,
一切都为我书写下了,我必须理解其中的意义。

我知道我是不死的,
我知道我自己的这个环形的轨迹,绝不会被一个
　　木匠的圆规画乱,
我知道我不会如同儿童夜间用火棒舞出的火环一
　　样随即消失。

我知道我自己何等尊严,
我不需让我的精神为它自己辩解或求得人的
　　理解,
我知道根本的法则就永不为自己辩解,
(我认为我的行为,究竟也并不比我在建造房屋
　　时所用的水平仪更为骄傲。)

41

我是怎样我便怎样存在着,
即使世界上没有人了解这一点,我仍满足地坐着,
即使每一个人都了解,我也满足地坐着。

一个世界,而且对我说来是最广大的一个世界,是
　　可知的,那世界便是我自己,
无论在今天,或者要在百万年千万年之后我才会
　　见到属于我的一切,
我能在现在欣然接受,也能以同样的欣然的心情
　　长期等待。

我的立足点和花岗岩接榫,
我嘲笑着你们所谓分解的谈论,
我深知时间是如何悠久。

## 21

我是肉体的诗人,也是灵魂的诗人,
我感受到天堂的快乐,也感觉到地狱的痛苦,
我使快乐在我身上生根并使之增大,我把痛苦译
　　成一种新的语言。

我是男人的诗人,也是女人的诗人,
我说女人也同男人一样的伟大,

我说再没有什么能比人的母亲更为伟大。

我歌唱着开展或骄傲的歌,
我们已经低头容忍得够久了,
我指出宏伟只不过是发展的结果。

你已超过了所有的人么?你已做了总统么?
这算不了什么,他们每一个人都不仅会赶上你,并
　　且还要前进。

我是一个和温柔的、生长着的黑夜共同散步的人,
我召唤那半被黑夜抱持的大地和海洋。

压得更紧些吧,裸露着胸膛的黑夜——更紧些啊,
　　有魅力的发人深思的黑夜呀!
南风的夜——硕大的疏星的夜呀!
静静的低着头的夜,——疯狂的裸体的夏天的
　　夜呀!

啊,喷着清凉气息的妖娆的大地,微笑吧!
长着沉睡的宁静的树林的大地呀!
夕阳已没的大地,——载着云雾萦绕的山头的大
　　地呀!
浮着刚染上淡蓝色的皎月的光辉的大地呀!
背负着闪着各种光彩的河川的大地呀!

带着因我而更显得光辉明净的灰色云彩的大
　　地呀!
无远弗届的大地——充满了苹果花的大地呀!
微笑吧,你的情人现在已来到了。

纵情者哟,你曾赠我以爱情,——我因此也以爱情
　　报你!
啊,这不可言说的热烈的爱情。

## 22

你,大海哟! 我也委身于你吧——我能猜透你的
　　心意,
我从海岸上看见你的伸出弯曲的手指召请我,
我相信你不触摸到我就不愿退回,
我们必须互相扭抱,我脱下衣服,远离开大地了
软软地托着我吧,大浪摇簸得我昏昏欲睡,
请以多情的海潮向我冲击,我定能够以同样的热
　　爱报答你。

浪涛延伸到陆地上来的大海哟,
呼吸粗犷而又阵阵喘息的大海哟,
供人以生命的盐水而又随时给人准备下无需挖掘
　　的坟墓的大海哟,
叱咤风云,任性而又风雅的大海哟,

我和你合为一体,我也是既简单又多样。

我分享你的盈虚,我赞颂仇恨与调和,
我赞颂爱侣和那些彼此拥抱着睡眠的人,

我处处为同情心作证,
(我将清点房子里的东西,而把安放这些东西的
　房子漏掉么?)

我不单是善的诗人,我也并不拒绝做一个恶的
　诗人。

那些关于道德和罪恶的空谈是什么呢?
邪恶推动我,改邪归正推动我,我完全无所谓,
我的步法并不是苛求者或反对者的步法,
我滋润一切生长物的根芽。

你曾经害怕那长期坚硬的妊娠会是某种瘰疬
　病么?
你曾经猜想到天国的法律还需要重新制定和修
　正么?

我看到了一切处于均衡状态,相对的一边也处于
　均衡状态,
软弱的教义也如同坚强的教义一样是一种可靠的

帮助,
现在的思想和行为震醒我们使我们及早动身前进。

我现在的这一分钟是经过了过去无数亿万分钟才出现的,
世上再没有比这一分钟和现在更好。

过去的美好的行为,或者现在的美好的行为都不是什么奇迹,
永远使人感到惊奇的是怎么会有一个卑鄙的人或一个没有信仰的人出现。

## 23

无数年代有无尽的语言流露!
我的语言乃是现代人的一个字,全体。

这个字代表着一种永不消失的信仰,
现在或此后它对于我都一样,我绝对地接受时间。

只有它完整无缺,只有它使一切圆满,完成,
只有那种神秘的不可理解的奇迹使一切完成。

我承认现实,不敢对它发生疑问,

唯物主义自始至终贯穿在一切之中。

为实用科学欢呼呀！为精确的论证高呼万岁！

把跟松杉和丁香花的枝叶混合在一起的万年草拿来吧！

这是辞典编纂家,这是化学家,这告诉你古文字的语法,

这些水手们曾驶着船通过了危险的不知名的大海,

这是地质学家,这是在做着解剖工作,这是一个数学家。

绅士们哟！最大的尊敬永远归于你们！

你们的事实是有用的,但它们并不是我的住所,

我只是通过它们走进我的住所所在的一块场地上。

我的语言涉及已经说过的物的属性比较少,

而是更多地涉及没有说出的生命、自由和解脱,

所贬的是中性的或被阉割的东西,所褒的是充分发育的男人和女人,

它为反叛活动鸣锣助威,与流亡者和图谋叛逆的人厮守在一起。

## 24

沃尔特·惠特曼,一个宇宙,曼哈顿的儿子,
粗暴、肥壮、多欲、吃着、喝着、生殖着,
不是一个感伤主义者,不高高站在男人和女人的
　　上面,或远离他们,
不谦逊也不放肆。

打开大门上的锁!
从门柱上撬开大门!

任何人贬损别人也就是贬损我,
一切人的一言一行最后都归结到我。

灵性通过我汹涌起伏,潮流和指标通过我得到
　　表露。

我说出最原始的一句口令,我发出民主的信号,
上帝哟!如非全体人在同样条件下所能得到的东
　　西,我决不接受。

由于我,许多长久缄默的人发声了:
无穷的世代的罪人与奴隶的呼声,
疾病和失望者,盗贼和侏儒的呼声,

准备和生长的循环不已的呼声,
连接群星之线、子宫和种子的呼声,
被践踏的人要求权利的呼声,
残废人、无价值的人、愚人、呆子、被蔑视的人的
　呼声,
空中的云雾、转着粪丸的甲虫的呼声。

通过我而发出的被禁制的呼声:
性的和肉欲的呼声,原来隐在幕后现被我所揭露
　的呼声,
被我明朗化和纯洁化了的淫亵的呼声。

我并不将我的手指横压在我的嘴上,
我对于腹部同对于头部和心胸一样地保持高尚,
认为欢媾并不比死更粗恶。

我赞赏食欲和色欲,
视觉、听觉、感觉都是神奇的,我的每一部分及附
　属于我的一切也都是奇迹。

我里外都是神圣的,我使触着我或被我所触的一
　切也都成为神圣的东西,
这腋下的芬芳气息比祈祷还美,
这头脸比神堂,圣经,和一切教条的意义更多。

假使我对事物的崇拜也有高低之别,那我最崇拜
　　的就是我自己的横陈的身体,或它的任何一
　　部分,
你是我的半透明的模型!
你是我的荫蔽着的棚架和休息处!
你是坚固的男性的犁头!
凡有助于我的耕种栽培的,一切也全赖你!
你是我的丰富的血液! 你那乳色的流质,是我的
　　生命的白色的液浆!
你是那紧压在别人胸脯上的胸脯!
我的脑子,那应当是你的奥秘的回旋处!
你是那洗濯过的白菖蒲的根芽、胆怯的水鹬、守卫
　　着双生鸟卵的小巢!
你是那须发肌肉混合扭结在一处的干草!
你是那枫树的滴流着的液汁,成长着的麦秆!
你是那慷慨的太阳!
你是那使我的脸面时明时暗的蒸气!
你是那辛劳的溪流和露水!
你是那用柔软的下体抚摩着我的和风!
你是那宽阔的田野、活着的橡树的树枝、我的曲折
　　小道上的游荡者!
你是一切我所握过的手、我所吻过的脸、我所接触
　　到的生物!

我溺爱我自己,这一切都是我,一切都这样的

甘甜,
每一瞬间,和任何时候发生的事情都使我因快乐
　　而微颤,
我不能说出我的脚踝如何地弯曲,也不能说出我
　　的最微弱的愿望来自何处,
我不能说出我放射出的友情的根由,也不能说出
　　我重新取得的友情的根由。

我走上我的台阶,我停下来想它是否是真实的,
一道照在我窗子上晨间的紫霞比书里面的哲理更
　　使我感到满意。

看看甫曙的黎明!
一线微光便使那无边的透明的暗影凋零,
空气的味道对我是那样地甘美。

移动着的世界的大部分在天真的欢跃中默默地升
　　上来了,放射出一片清新,
倾斜地一起一伏地急进。

我不能看见的某种东西高举起它的色具。
一片汪洋的透明的液汁喷泼遍天上。

大地端庄地待在天的旁边,它们的结合一天一天
　　更为密切,

那是在我头上的东方发出的挑战语,
嘲弄和威吓,"那么看吧,看你是否能主宰一切!"

## 25

耀眼而猛烈的朝阳会如何迅速地把我杀死,
假使我不能在现在并且永久地把朝阳从我心中
　　送出!

我们也是同太阳一样耀眼而猛烈地上升,
啊,我的灵魂哟,我们在黎明的安静和凉爽中找到
　　了我们自己。

我的呼声能达到我的眼光所不能达到的地方,
由于我的喉舌的转动,我绕遍了无数大千世界。

语言是我的视觉的孪生弟兄,语言不能用语言
　　衡量,
它永远刺激我,它讥讽地说着,
"沃尔特,你藏在心头的东西不少,那么为什么你
　　不把它拿出来呢?"

得了吧,我不会受你的诱惑,你太注重发出的声
　　音了,
啊,语言哟,你不知道在你下面的花苞是怎样地含

而未放么?

在黑暗中期待着,被霜雪掩盖着,

泥土在我的预言般的叫喊中剥落了,

我是一切现象的起因,最后使它们平衡,

我的知识,是我的身体活着的部分,它和万物的意义符合一致,

幸福,(无论谁听到了我说幸福,让他或她就在今天出发去寻求它吧。)

我不给你我的最终的价值,我不能把真我从我抛出去,

回绕大千世界,但永不要想来回绕着我,

我只要向你观望着就能引出你最光泽的和最优美的一切。

写和说并不能证明我,

一切证明及别的一些东西我都摆在脸上,

我的嘴唇缄默着的时候,我将使一切怀疑者完全困惑。

## 26

现在我除了静听以外什么也不做了,

我将我所听到的一切放进这诗歌,要让各种声音使它更为丰富。

我听到了鸟雀的歌曲、生长着的麦穗的喧闹、火焰
　　的絮语、烹煮着饭食的柴棍的爆炸，
我听到了我所爱的声音、人的语言的音响，
我听到一切声音流汇在一起，配合、融混或彼此
　　追随，
城市的声音、郊外的声音、白天和黑夜的声音，
健谈的青年人们对那些喜爱他们的人的谈话、劳
　　动者吃饭时候的高声谈笑，
友情破裂的人的喷怨的低诉、疾病者的微弱的
　　呻吟，
双手紧按在桌子上的法官从苍白嘴唇中宣告的死
　　刑判决，
码头旁边卸货的船夫们的吭唷歌、起锚工人的有
　　节奏的合唱，
警铃的鸣叫、火警的叫喊、铃声震耳灯光灿烂的飞
　　驰着的机车和水龙皮带车的急响，
汽笛的鸣叫、进站列车的沉重的隆隆声，
双人行列前面吹奏着的低缓的进行曲，
（他们是出来送葬的，旗杆顶上缠着一块黑纱。）

我听到了提琴的低奏，（那是青年人内心深处的
　　哀怨，）
我听到了有着活塞的喇叭的吹奏，它的声音很快
　　地滑进我的耳里，

它在我的胸腹间激起一种快活的震动。

我听到合唱队,那是一出宏伟的歌剧,
啊,这是真的音乐,——这很合我的心意。

一个与世界同样广阔而清新的男高音充满了我,
他的圆形的口唇所吐出来的歌声丰盈地充满
　　了我。

我听到一种极有训练的女高音,(她这是在做什
　　么呢?)
乐队的歌曲使我在比天王星的历程还要更广阔的
　　圈子里旋转,
它在我心中激起了一种我从不知道自己具有的
　　热情,
它浮载着我,我以被悠缓的音波舐抚着的赤裸的
　　足尖行进,
我被惨厉而猛烈的冰雹所阻,我几乎停止了呼吸,
我浸沉在蜜糖般的醉人的毒汁之中,我的气管受
　　到了死的窒息,
最后我又被放开来,重又感触到这谜中之谜,
而那便是我们所谓的生。

## 27

可以以任何形式存在的东西,那是什么呢?
(我们迂回循环地走着,但所有的我们,却永远会
　归回到原处,)
假使万物没有发展,那么在硬壳中的蛤蜊当是最
　满足的。

我身外却不是结实的硬壳,
无论我或行或止,我周身都有着感觉迅速的传
　导体,
它们把握住每一件物体,并引导它无害地通过我。

我只要动一动,抚摩一下,用手指感触到一点什
　么,我就觉得很幸福了,
使我的人身和别人的人身接触,这对我就是最快
　乐的事。

## 28

那么这便是一种接触么?使我震颤着成为另一
　个人,
火焰和以太向我的血管里奔流,
背叛我的我自己的肢体都拥挤着来给它们帮助,

我的血和肉发射电火要击毁那几与我自己无法区
　　别的一切,
四周淫欲的挑拨者僵硬了我的四肢,
从我的心里挤出它所要保留下的乳汁,
它们放肆地攻向我,不许我反抗,
好像故意要夺尽我的精华,
解开了我的衣扣,抱着我的赤裸的身体,
使我的困恼消失在阳光和牧野的恬静之中,
无礼地丢开其他的一切感觉,
它们以轻轻点触为贿以便于换取,并在我的边缘
　　啃啮,
毫无顾虑,也不顾到我的已将耗竭的力量和嗔怒,
捉着了身边其余的牧群自己享受了一会儿,
然后一起结合起来站在一个岬上并且扰弄着我。

哨兵离开我的各部分了,
他们将我无助地委弃给一个血腥的掳掠者,
他们都来到岬地观望并相帮着反对我。

我被叛徒们出卖了,
我粗野地谈话,我失去了我的神志,最大的叛徒不
　　是别人而是我自己,
我首先走到了岬地,是我自己的双手把我带到那
　　里的。

你可恶的接触哟!你在做什么呢?我要窒息得喘
　　不过气来了,
打开你的水闸吧,你实在使我受不了了。

## 29

盲目的热爱的扭结着的接触呀!盖覆着的尖牙利
　　齿的接触呀!
离开了我,就会使你这样苦痛么?

分离之后是再来临,永久偿付着永久付不完的
　　债款,
跟在大雨之后的是更大的收获。

幼芽愈积愈多,生气勃勃地站在路边,
投射出雄伟的,饱满的,和金色的风景。

## 30

一切的真理都在万物中期待着,
它们并不急躁,也不拒绝分娩,
它们并不需要外科医生的产钳,
别人认为微不足道的东西我却认为跟任何东西都
　　一样巨大,
(什么比一次接触的意义更少或更多呢?)

逻辑和说教永远不能说服人，
夜的湿气能更深地浸入我的灵魂，
（只有每个男人和女人都感到是自明的东西才能
　　说服人，
只有无人能否认的东西才有说服力。）

我的一刹那间的一点滴事物都能澄清我的头脑，
我相信潮湿的土块将变成爱人和灯光，
神圣中之神圣便是一个男人或女人的肉体，
一个高峰和花朵，它们彼此间亦存有感情，
它们从那一刻无限地分枝发展直到它主宰世界的
　　一切，
直到一切都使我们欣喜，我们也使它们欣喜。

## 31

我相信一片草叶所需费的工程不会少于星星，
一只蚂蚁、一粒沙和一个鹪鹩的卵都是同样地
　　完美，
雨蛙也是造物者的一种精工的制作，
藤蔓四延的黑莓可以装饰天堂里的华屋，
我手掌上一个极小的关节可以使所有的机器都显
　　得渺小可怜！
母牛低头啮草的样子超越了任何的石像，

一个小鼠的神奇足够使千千万万的异教徒吃惊。

我看出我是和片麻石、煤、藓苔、水果、谷粒、可食
　的菜根混合在一起，
并且全身装饰着飞鸟和走兽，
虽然有很好的理由远离了过去的一切，
但需要的时候我又可以将任何东西召来。

逃跑或畏怯是徒然的，
火成岩喷出了千年的烈火来反对我接近是徒
　然的，
爬虫退缩到它的灰质的硬壳下面去是徒然的，
事物远离开我并显出各种不同的形状是徒然的，
海洋停留在岩洞中，大的怪物偃卧在低处是徒
　然的，
鹰雕背负着青天翱翔是徒然的，
蝮蛇在藤蔓和木材中间溜过是徒然的，
麋鹿居住在树林的深处是徒然的，
尖嘴的海燕向北飘浮到拉布多是徒然的，
我快速地跟随着，我升到了绝岩上的罅隙中的
　巢穴。

## 32

我想我能和动物在一起生活，它们是这样的平静，

这样的自足,
我站立着观察它们很久很久。

它们并不对它们的处境牢骚烦恼,
它们并不在黑夜中清醒地躺着为它们自己的罪过哭泣,
它们并不争论着它们对于上帝的职责使我感到厌恶,
没有一个不满足,没有一个因热衷于私有财产而发狂,
没有一个对另一个或生活在几千年以前的一个同类叩头,
在整个地球上没有一个是有特别的尊严或愁苦不乐。
它们表明它们和我的关系是如此,我完全接受了,
它们让我看到我自己的证据,它们以它们自己所具有的特性作为明证。

我奇怪它们从何处得到这些证据,
是否在荒古以前我也走过那条道路,因疏忽失落了它们?

那时,现在和将来我一直在前进,
一直在很快地收集着并表示出更多的东西,
数量无限,包罗无穷,其中也有些和这相似的,

对于那些使我想到过去的东西我也并不排斥,
在这里我挑选了我所爱的一个,现在且和他如同
　　兄弟一样地再向前行。

一匹硕大健美的雄马,精神抖擞,欣然接受我的
　　爱抚,
前额丰隆,两耳之间距离广阔,
四肢粗壮而柔顺,长尾拂地,
两眼里充满了狂放的光辉,两耳轮廓鲜明,温和地
　　转动着。

我骑上了它的背部的时候,它大张着它的鼻孔,
我骑着它跑了一圈,它健壮的四肢快乐得微颤了。
雄马哟,我只使用你一分钟,就将你抛弃了,
我自己原跑得更快,为什么还需要你代步?
即使我站着或坐在这里也会比你更快。

## 33

空间和时间哟!以前我所猜想的东西,现在已完
　　全证实,
那就是当我在草地上闲游时所猜想的,
当我独自一人躺在床上时所猜想的,
以及我在惨淡的晨星照耀着的海边上徘徊时所猜
　　想的。

我的缆索和沙囊离开了我,我的手肘放在海口上,
我环绕着起伏的山岩,手掌遮盖着各洲的大陆,
我现在随着我的幻想在前进。

在城市的方形屋子的旁边,——在小木屋里,与采
　　伐木材的人一起露宿,
沿着有车辙的老路,沿着干涸的溪谷和沙床,
除去那块洋葱地的杂草,或是锄好那胡萝卜和防
　　风草的田畦,横过草原,在林中行走,
探查矿山,挖掘金矿,在新买的地上环种着树木,
灼热的沙直烧烙到脚踝,我把我的小船拖下浅水
　　河里,
在那里,豹子在头上的悬岩边来回地走着,在那
　　里,羚羊狞恶地回身向着猎人,
在那里,炼蛇在一座岩石上晒着它的柔软的身体,
　　在那里,水獭在吞食着游鱼,
在那里,鳄鱼披着坚甲在港口熟眠,
在那里,黑熊在寻觅着树根和野蜜,在那里,海獭
　　以它的铲形尾巴击打着泥土;
在生长着的甜菜的上空,在开着黄花的棉田的上
　　空,在低湿田地中的水稻上空,
在尖顶的农舍上空,以及它附近由水沟冲来的成
　　堆垃圾和细流上空,
在西方的柿子树的上空,在长叶子的玉蜀黍上空,

在美丽的开着蓝花的亚麻的上空,
在充满了低吟和营营声的白色和棕色的荞麦的
　　上空,
在随风摇荡着的浓绿色裸麦的上空;
攀登大山,我自己小心地爬上,握持着低丫的细瘦
　　的小枝,
行走过长满青草、树叶轻拂着的小径,
那里鹌鹑在麦田与树林之间鸣叫,
那里蝙蝠在七月的黄昏中飞翔,那里巨大的金甲
　　虫在黑夜中降落,
那里溪水从老树根涌出流到草地上去,
那里牛群站着耸动着它们的皮毛赶走苍蝇,
那里奶酪布悬挂在厨房里,那里薪架放在炉板上,
　　那里蛛网结在屋角的花束间,
那里铁锤打击着,印刷机回转着卷纸筒,
那里人心以可怕的惨痛在肋骨下面跳动着,
那里梨形的气球高高地浮起来了,(我自己也随
　　着气球上升,安详地注视着下面,)
那里救生船用活套拖拽着行进,那里高热在孵化
　　着沙裹里的淡绿色的鸟卵,
那里母鲸携带着它的小鲸在游泳并从不远离它,
那里汽船尾后拖着浓长的黑烟,
那里鲨鱼的大鳍如黑色木板一样地划着水,
那里烧剩了一半的双桅帆船在不知名的海上
　　漂浮,

那里蚌壳已在它的泥滑的船舱上生长,那里死者在舱底腐烂了,
那里繁星的国旗高举在联队的前面;
沿着长伸着的岛屿到了曼哈顿,
在尼亚加拉下面,瀑布如面纱一样挂在我的脸上,
在门阶上,在门外的硬木的踏脚台上,
在跑马场上,或者野餐,或者跳舞,或者痛快地玩着棒球,
在单身者的狂欢会上,嬉戏笑谑、狂舞、饮酒、欢乐,
在磨房中尝着棕黄的麦芽汁的甜味,用麦秆吮吸着甜汁,
在苹果收成的时节我找到一个鲜红的果子就要亲吻一次,
在队伍中,在海滨游玩的时候,在联谊会,在剥玉米会和修建房子的时候;
那里反舌鸟清越地发出啁啾声,高叫、低吟,
那里干草堆耸立在禾场上,那里麦秆散乱着,那里快要生育的母牛在小茅屋中静待,
那里公牛在执行雄性职务,那里种马在追觅母马,那里公鸡趴在母鸡的背上,
那里小犊在嚼食树叶,那里鹅群一口一口地呷着食物,
那里落日的影子,长长地拖在无边的荒漠的草原上,

那里水牛群满山遍野爬行,
那里蜂鸟放射出美丽的闪光,那里长寿的天鹅的
　　颈子弯曲着回转着,
那里笑鸥①在海边上急走,那里它笑着近于人类
　　的笑,
那里花园中的蜂房排列在半为深草隐没的灰色的
　　木架上,
那里颈带花纹的鹧鸪环列栖息在地上,只露出它
　　们的头来,
那里四轮的丧车进入了墓地的圆形的大门,
那里冬天的饿狼在雪堆和结着冰柱的树林中
　　嗥叫,
那里有着黄色羽冠的苍鹭深夜飞到水泽的边缘捕
　　食虾蟹,
那里游泳者和潜水者激起水花使炎午透出清凉,
那里纺织娘在井边胡桃树上制造它的半音阶的
　　牧歌;
走过长满胡瓜和西瓜的银色网脉的叶子的小道,
走过盐渍的或橙黄色的空地,或锥形的枞树下,
走过健身房,走过有着幔幕的酒吧间,走过官府和
　　公共场所的大礼堂;
喜爱本地人,喜爱外地人,喜爱新知和旧友,
喜爱美丽的女人,也喜爱面貌平常的女人,

---

① 笑鸥,产于美国东部的一种黑头的海鸥。

喜爱摘下了头巾委婉地谈讲着的江湖女人,
喜爱粉刷得洁白的教堂里面的唱诗班的调子,
喜爱出着汗的美以美会牧师的至诚的言语,露天
　　布道会给了我深刻的印象;
整个上午观览着百老汇商店的橱窗,将我的鼻尖
　　压在很厚的玻璃窗上,
当天下午仰面望着天空,或者在小巷中或者沿着
　　海边漫游,
我的左臂和右臂围绕着两个朋友的腰肢,我在他
　　们中间,
和沉默的黑面颊的移民孩子一同回到家里,(天
　　晚时他在我后面骑着马,)
在远离居人的地方研究兽蹄和鹿皮鞋①的痕迹,
在医院的病床旁边把柠檬汁递给一个热渴的
　　病人,
当一切都沉寂了的时候,紧靠着死人的棺木伴着
　　一支蜡烛守望着,
旅行到每一个口岸去做买卖,去冒险,
和现代人一起忙乱着,如别人一样热情而激动,
怒视我所仇恨的人,我在一种疯狂的心情中准备
　　将他刺杀,
半夜里孤独地待在我的后院里,我的思想暂时离
　　开了我,

---

① 鹿皮鞋为猎人常穿的一种皮鞋。

步行在古代犹太的小山上,美丽而温和的上帝在
　　我的身旁,
飞快地穿过了空间,飞快地行过了天空,走过了
　　星群,
飞快地在七个卫星和大圆环中穿行,这圆环的直
　　径约有八万英里,
飞快地和有尾的流星一道游行,如同其他的流星
　　一样抛掷火球,
带着肚里怀抱着满月母亲的新月,
震动着、快乐着、计划着、爱恋着、小心谨慎着、逡
　　巡着、出没着,
我成天成夜地走着这样的路途。

我访问诸天的果园,看见过那里的一切出产,
看见过百万兆成熟的果实,看见过百万兆生青的
　　果实。

我飞着一种流动的吞没了一切的灵魂的飞翔,
我所走的道路超过铅锤所能测量的深度。

我任意拿取一切物质和非物质的东西,
没有一个守卫者能阻止我,没有一种法律能禁
　　止我。

我只要把我的船停泊片刻,

我的使者们就不断出去巡逻,或者把他们探查所得带给我。

我到北极猎取白熊和海豹,执着一根长杆我跳过隘口,攀附着易脆的蓝色的冰山。

我走上前桅顶,
深夜我在桅楼守望处守望,
我们航过了北冰洋,那里有着充足的光亮,
透过澄明的空气,我围绕着奇异的美景闲荡,
很大的冰块从我的身边经过,我也从它们的身边经过,各方面的风景都是通明透亮的,
远处可以看见白头的山顶,我让我的幻想到那里去,
我们来到不久我们就要参加战斗的大战场,
我们从军营外巨大的哨棚前经过,我们小心地蹑着脚走过去,
或者我们从郊外进到了某座巨大的荒废了的城池,
倒塌了的砖石和建筑比地球上所有现存的城池还更多。

我是一个自由的士兵,我在进犯者的营火旁露宿,
我从床榻上将新郎赶走,我自己和新娘住在一起,
我整夜紧紧地搂抱着她。

我的呼声是妻子的呼声,是在楼梯栏杆旁边的
　　尖叫,
他们给我带来了丈夫的滴着水的淹死了的身体。

我明白英雄们的宏伟的心胸,
现时代和一切时代的勇敢,
我明白船主是怎样地看着人群拥挤的无舵的遇难
　　轮船,死神在暴风雨中上下追逐着它,
他是如何地紧紧地把持着,一寸也不后退,白天黑
　　夜都一样的忠诚,
并且在船板上用粉笔大大地写着:别灰心！我们
　　不会离开你们！
他如何跟随着他们,和他们一起挣扎着,三日三夜
　　仍然不舍弃它,
他如何终于救出了这漂流的人群,
我明白了衣服宽松的细瘦妇人们从准备好了的坟
　　墓旁边用小船载走时是什么样子,
我明白了沉默的面似老人的婴儿们、被拯救了的
　　病人和尖嘴的没有刮胡子的人们是什么样子,
我吞下这一切,它们的味道很好,我十分欢喜它
　　们,它们成为我的,
我就是那个船主,我就是受苦的人,我当时就在
　　那里。

殉道者的蔑视和沉着,

古时候的母亲,作为女巫被判处死刑,用干柴烧
　　着,她的孩子们在旁边望着,
奔跑得力竭了的、被追赶着的奴隶,斜倚在篱边,
　　喘着气,遍身流着汗,
杀人的猎枪和子弹,像针刺在腿上和颈上似的一
　　阵一阵的剧痛,
我感觉到所有的这一切,我便是这一切。

我便是被追赶着的奴隶,猛狗的咬,使我退缩,
死与绝望抓住了我,射击手一下又一下地放着枪,
我紧抓着篱边的横木,我的血液滴流着,
我跌落在野草和石堆上,
骑马的人踢着不愿意前进的马匹逼近来了,
在我的迷糊的耳边嘲骂着,用马鞭子猛烈地敲着
　　我的头。

苦恼乃是我的服装的一次变换,
我不问受伤者有着何种感觉,我自己已成为受
　　伤者,
当我倚在手杖上观察着,我的创伤更使我痛楚。

我是被压伤的消防队员,胸骨已粉碎了,
倒塌的墙壁的瓦砾堆埋葬了我,
我呼吸着热气和烟雾,我听着同伴们长声的叫号,
我听着远处他们的叉子和火铲的声响,

他们已经把梁木拿开,他们轻轻地将我举起来。

我穿着红汗衫躺在黑夜的空气中,为着我的缘故
　　出现了普遍的静默,
我终于毫无痛苦,精疲力竭地躺着,并不怎样感到
　　不快活,
围绕着我的是苍白而美丽的脸面,他们已从头上
　　脱下了他们的救火帽,
膜拜着的群众随着火炬的光辉渐渐消失。

遥远的和死亡了的复苏了,
他们如日晷一样指示着,或者如我的两手一样转
　　动着,我自己便是钟表。

我是一个老炮手,我讲述我在要塞上的轰击,
我又在那里了。

又是长久不绝的鼓声,
又是进攻的大炮和臼炮,
又是炮声在我倾听着的耳朵的反应。

我参加进去,我见到和听到了一切,
叫喊、诅咒、咆哮、对于击中目的的炮弹的赞扬,
救护车缓慢地过去,一路留着血迹,
工人们在废墟中搜寻东西,努力做着绝对必要的

修补,
炮弹落下,穿过破裂的屋顶,一个扇形的爆炸,
肢体、人头、沙石、木头、铁片发着响飞向空中。

又是我垂死的将军的嘴在咯咯作声,他暴怒地挥
　　着他的手,
血污的嘴喘着气说:别关心我——关心着——
　　战壕!

## 34

现在我要讲述我青年时候在得克萨斯所知道的
　　事情,
(我不讲阿拉摩的陷落,
没有一个人逃出来讲述阿拉摩陷落时的情况,
在阿拉摩的一百五十个人都停止了呼吸,)
这是关于四百一十二个青年被残酷谋杀的故事,
他们败退时在一块空地上用他们的行李建筑了
　　短墙,
他们从以九倍的兵力围攻着的敌人中先取得了九
　　百个的代价,
他们的团长受伤了,他们的弹药用完了,
他们交涉着要光荣投诚,取得签字文书,解除了武
　　装,作为战俘退走。

他们是整个游骑兵的光荣,
骑马、放枪、唱歌、饮食、求爱,都要数第一,
高大、强横、慷慨、英俊、骄傲和热情,
长着胡子,皮肤晒得黝黑,穿着猎人的轻装,
没有一个人过了三十岁。

在第二个星期日的早晨,他们被带到旷场上枪杀
　　了,那正是美丽的夏天的早晨,
这件事大约是五点钟开始,到八点钟的时候完毕。

没有一个遵命下跪,
有的疯狂无助地向前撞击,有的直挺挺地站着,
有几个人即刻倒下了,射中了太阳穴或心脏,生者
　　和死者都倒卧在一起,
残废和四肢不全者在泥土里蠕动着,新来者看见
　　他们在那里,
有几个半死的人企图爬开,
但他们终于被刺刀杀死,被枪托打死,
一个不到十七岁的青年紧扭着他的刽子手,直到
　　另外两个人来救走他,
三个人的衣服都被撕碎,满身染着这个孩子的血。

十一点钟开始焚烧这些人的尸体,
这便是四百一十二个青年人被杀害的故事。

## 35

你愿意听一听古代海战的故事吗?
你愿意知道谁在月光和星光下获得胜利吗?
那么听着吧,我所讲的这个故事如同我的祖母的
　父亲那个老水手所告诉我的一样。

我告诉你,(他说,)我们的敌人并不是在他的船
　舱里躲躲藏藏的人,
他有着真正的英国人的胆量,再没有人比他更顽
　强的了,过去没有,将来也没有,
天晚的时候,他凶猛地来袭击我们了。

我们和他肉搏了,帆桅缠着帆桅,炮口挨着炮口,
我们的船长很快地击打着手掌。

我们在水中受到了大约十八发一磅重的炮弹,
我们下层炮舱里在最初开火时,就有两门炮爆炸
　了,杀死了周围的人,满天血肉横飞。

战斗到日落,战斗到黑夜,
在夜里十点钟时,圆圆的月亮上升了,我们的船越
　来越漏,据报告已经水深五尺了,
我们的军械长把关闭着的俘房放出来,给他们一

个机会逃命。

进出弹药库的交通现在被哨兵阻止了,
他们看着这么多的新面孔,他们不知道谁是可信
　　托的人。

我们的舰中起火了,
敌人问我们是否投降?
是否放下旗帜结束了这次战争?

现在我满意地笑着,因为我听到我的小舰长的声
　　音了,
"我们没有下旗,"他安详地说着,"我们这方面的
　　战斗才刚开始呢!"

可以用的炮只有三尊了,
一尊由舰长自己指挥,攻击着敌人的主桅,
两尊发射葡萄弹和霰弹使敌人的步枪沉默无声并
　　且扫射着敌人的甲板。

只有桅楼上在协助着这个小炮台开火,尤其是主
　　帆的桅楼上,
在战斗中他们都英勇地坚持到底。

没有片刻的休息,

船漏得厉害,来不及抽水,火焰正窜向弹药库。

有一个抽水管被炮弹打掉了,大家都想着我们正在向下沉。

小舰长从容地站着,
他并不慌忙,他的声音不高也不低;
他的眼睛发射出比我们的船灯更多的光亮。

将近十二点钟,在月光下他们向我们投降了。

## 36

午夜静静地躺着,
两只巨大的船壳动也不动地伏在黑暗的胸腹上,
我们的船已经全漏,且渐渐地下沉了,我们准备要渡到我们所征服的另一只船上去,
舰长在后甲板上,脸色雪白如纸,冷酷地发布着命令,
近旁则是在船舱中工作的那个孩子的尸体,
一个已死的老水手的脸上还覆着长长的白发和用心卷曲过的髭须,
虽竭尽了人之所能去扑灭,火焰仍不分高下地燃烧着,
两三个还能担当职务的军官的干哑的声音,

断残的肢体和死尸,桁上涂抹着的血肉,
船缆碎断了,绳索摇摆着,平滑的海面微微波
　　动着,
黝黑而顽冥的巨炮,散乱的火药包,强烈的气味,
头上几点硕大的星星沉默而悲哀地闪照着,
海风的轻吹,岸旁的水草和水田的香气,死者对残
　　存者的嘱托,
外科医生手术刀的微响、锯子锯入人体时的嘶
　　嘶声、
喘息声、咯咯声、流血的飞溅、短而猛厉的尖叫、悠
　　长而暗淡的低微的悲鸣,
一切就是如此,一切都已不可挽回。

## 37

你们那些怠惰的守卫者哟!小心你们的武器吧!
他们都挤进了已被攻下的大门!我发疯了呀!
一切有罪的和受苦的人的处境都体现在我身上,
仿佛看到我自己变成另一个人待在监狱里,
并同样地感觉到悲惨无边的痛苦。

犯人的看守者,肩上荷着马枪,监视我,
这便是我,早晨被放出来,晚间又被关在监狱里。

每一个叛徒戴着手铐走到监狱里去时,我也跟他

一起戴着手铐和他并肩走着,
(我比他更不快活,更沉默,痉挛的嘴唇边流着
　　汗滴。)

每一个年轻人因为盗窃被捕时,我也走上法庭,受
　　审判,被定罪。

每一个患霍乱病的人奄奄一息地躺着时,我也就
　　奄奄一息地躺着。
我面色如土,青筋突露,人们丢下我走开。
求乞者将他们自己和我合为一体,我也和他们合
　　为一体,
我举出我的帽子①,满脸羞愧地坐着求乞。

## 38

够了!够了!够了!
我有点弄昏了。站开些吧!
让我挨了打的头休息片刻吧,从昏沉,梦寐,呆滞
　　中暂时清醒,
我发现我自己正处在一种普通错误的边缘。

我怎么能够忘记那些嘲笑者和他们给我的侮辱!

---

① 英美习俗,向人敛钱时,每以帽子为盛钱具。

我怎么能够忘记簌簌滴落的眼泪和木棒与铁锤的
　　打击!
我怎么能够以别人的眼光来欣赏钉在自己身上的
　　十字架和戴在自己头上的血的王冠!

现在我想起来了,
我又开始了我的长久的精神分裂,
石墓使藏在它自己或任何坟墓内的东西繁生了,
死尸站起来,创痕已愈,锁链从我身上脱落了。

我重新充满了无上的能力,在一队无尽的行列中
　　成为普通的一员,
我们去到内地和海边,经过了一切的疆界,
我们的法则正迅速地在全世界传播,
我们簪在帽子上的花朵是在千万年中长成的。

学生们哟!向前进吧!我向你们敬礼!
继续着你们的评注工作,继续提出你们的疑问!

## 39

那友爱的自在的野蛮人,他是谁呀?
他在期待着文明吗?还是他已超过了文明而且已
　　支配着它?

他是在户外生长的某种西南边地的人么？他是加拿大人么？

他是从密西西比的乡下来的么？从衣阿华，阿里贡，加利福尼亚来的么？

是山地上的人？是草原或森林里的居住者？或是从海上来的水手？

无论他到了哪里，男人和女人都接待他，想念他，

他们都渴望他会喜爱他们，跟他们接触，和他们说话，和他们同住。

行动如同雪片一样地无规律，话语如同草一样的朴实，头发散乱，满脸笑容并充满天真，

沉着的步履，平凡的面貌，平凡的态度和表情，

它们以一种新形式从他的指尖上降临，

它们同着他的身体的气味或呼吸一同飘出，它们从他的眼神中飞出。

## 40

耀武扬威的阳光哟！我并不需要你晒着我，滚开吧！

你只照亮表面，我却更深入表面进到深处。

大地哟！你好像想在我手中寻找什么东西，

说吧,老巫婆,你要些什么呢?

男人和女人哟!我原可以告诉你们我如何地喜欢
　　你们,但是不能够,
也可以告诉你们我心中有什么,你心中有什么,但
　　是不能够,
也可以告诉你们我胸中的悲痛和日里夜里我脉搏
　　的跳动。

看哪,我不要给人教训或一点小慈悲,
我所给与人的是整个我自己。

你无力地在那里屈膝求怜,
张开你的包扎着的嘴,等我给你吹进些勇气,
你且摊开你的两手,并打开你的口袋吧,
我决不容你推辞,我强迫你接受,我的储蓄十分
　　充足,
我要赠给你我所有的一切。

我并不问你是谁,那对我无关重要,
除了我将加在你身上的以外,你什么也不能做,什
　　么也不是。

我低身向棉田里的农奴或打扫厕所的粪夫,
我在他的右颊上给他以家人一样的亲吻,

以我的灵魂为誓我将永不弃绝他。

在可以怀胎的妇人身上我留下了更硕大更敏慧的
　　婴儿的种子，
（今天我正放射出可构成更骄傲的共和国的
　　材料。）

对于任何将死的人，我飞奔前去，拧开他的门，
将被衾推向床脚，
请医生和牧师都各自回家。

我抓着垂死的人，以不可抗拒的意志把他举起来，
啊，绝望的人哟，这里是我的脖颈，
我的天，它决不容你下沉！把你的全身重量压在
　　我的身上。

我猛烈地吹气吹涨了你，让你恢复过来，
我使房子里的每一间屋都充满了一种武装力量，
即爱我的人们和战胜坟墓的人们。

睡下吧——我和他们都整夜地看守着，
没有疑惧，没有病患敢再来侵扰你，
我已经拥抱你，使你今后成为我所有，
当你早晨醒来时你将看出一切正如我所告诉
　　你的。

## 41

我是当病人躺着喘息时给他带来帮助的人,
对于强健的能行动的人,我带来更为必需的帮助。

我听到关于宇宙别人说了些什么,
听到几千年来关于它的传说,
一般说来它算是相当不错——但仅只如此而已吗?

我来把它加大,将它应用,
一开始就比锱铢计较的年老小贩出了更高的价钱,
我自己量出了耶和华的精确的尺寸,
印刷了克洛诺斯,和他的儿子宙斯,他的孙子赫剌克勒斯,
买下了阿喀琉斯,伊堤斯,珀琉斯,波罗门和释迦牟尼的书稿,
在我的书夹中散置着玛尼多,印在单页上的阿拉,耶稣受难的十字架,
和阿丁①,和狞面的麦西第,以及各种偶像和

---

① 克洛诺斯,希腊神话中大神宙斯之父,宙斯则为诸神之父。赫剌克勒斯,希腊神话中的英雄。阿喀琉斯,埃及神话中之太阳,司生殖,为农神伊堤斯之夫。珀琉斯,古代巴比伦人之大神。玛尼多,印第安人崇拜之神。阿拉,伊斯兰教之神。阿丁,古代北欧人最重要之神。

神像，

完全按着他们真正的价值接受下来，并不多给一分钱，

我承认他们曾经生存过，并在他们的时代做过了他们应做的工作，

(他们以前好像是给羽毛未丰的雏鸟带来小虫子，而现在这些鸟必须起来自己飞翔，歌唱了，)

接受了这粗糙的神圣的速写使它在我的心中更加完成，然后自由地赠给我所遇到的每一个男人和女人，

在构造房屋时的一个建筑工人身上，我发现他有着同样多或更多的神性，

当他卷起了袖子挥着锤子和凿刀的时候，他有权要求更高的崇敬，

我并不反对特殊的启示，我想着一缕烟或我手背上的一根毫毛也是如同任何启示一样地稀奇；

驾着消防车和攀援着绳梯的小伙子，在我看来不见得不如古代战争中的诸神，

他们的呼声在毁灭的喧声中震响着，

他们的雄强的肢体在烧焦了的木板上，他们的雪白的前额在熊熊的火焰中平安地移动着；

在抱着婴儿喂乳的机器匠的妻子旁边，我为每一个生出来的人说项，

三个穿着宽大衬衣的壮美的天使，一并排拿着三

把镰刀在沙沙地收割庄稼,

红发缺牙的马夫为求赎免过去和未来的罪恶

卖去了所有的一切,步行去替他的兄弟付律师费,
并在他的兄弟因伪造文书罪受审时坐在他的
旁边;

播散得最广的东西,也只散播在我周围三十方码
以内,并且也未能把这三十方码铺满,

牛和小虫完全没有受足够的崇拜,

粪块和泥土有梦想不到的可钦羡之处,

神奇怪异算不了什么,我自己也期待着成为尊神
之一,

这日子已临近了,那时当我将与至善者做出同样
多的善果并且同样神奇;

我可以用生命起誓,我已经成为一个造物者,

就在此时此地将我自己放在潜伏着的暗影的子
宫里。

## 42

在人丛中一声叫喊,

这是我自己的呼声,迅速地扫过一切的坚决的
呼声。

来呀,我的孩子们,

来呀,我的男孩和女孩、我的女人、我的家属和我

的挚友,
现在演奏者已开始兴奋起来,他已经在他的心内
　　的芦管中奏完了序曲。

很容易地随手写下的调子——我已感觉到你的顶
　　点和最后的收束。

我的头,在我的脖颈上转动着,
音乐抑扬顿挫,但并非来自风琴中,
人们围绕在我的周围,但他们并不是我的家属。

永远是坚固的不沉没的大地,
永远是饮者和食者,永远是升起和下落的太阳,永
　　远是大气,和无止息的海潮,
永远是我自己和我的邻人,爽朗的、邪恶的、真
　　实的,
永远是古时的不可解答的疑问,永远是刺伤的大
　　拇指,永远是发痒的和渴想的呼吸,
永远是使人恼怒的"呜!呜!"声!直到我们寻觅
　　到这狡猾的人所藏匿的地方,并将他拖出来,
永远是恋爱,永远是生命的呜咽的眼泪,
永远是颔下的绷带,永远是死者的尸床。

这里那里眼睛蒙上小银币的人在走动,
为了喂饱无餍的肚腹,头脑却放量地四处攫取,

买,卖并取得票子,却一次也不去赴宴会,
许多人流汗、耕田、打麦,却只得到秕糠的酬赏,
少数懒怠的私有者,他们却不断地在要麦子。

这里是城市,我是公民之一,
凡与其余的人有关系的都与我有关系,政治、战
　　争、市场、报纸、学校,
市长和议会、银行、海关、轮船、工厂、货仓、铺子、
　　不动产和动产。

渺小的富有侏儒穿着硬领的燕尾服到处欢蹦
　　乱跳,
我知道他们是谁,(他们绝对不是蛆虫和跳蚤,)
我承认在他们中有我自己的复本,其中最脆弱的
　　和最浅薄的,也和我一样地不死,
凡我所做的和所说的都同样对他们适合,
在我心中挣扎着的每一种思想,都同样在他们的
　　心中挣扎着。

我十分清楚地知道我自己的自我中心狂,
知道我的兼收并蓄的诗行而不能写得更少,
并且不管你是谁,我也要将你拿来以充满我自己。

我的这诗歌并不是一些泛常的词句,
只是率直的询问,跳得很远却又使一切离得更近,

这是印好和装订好的书——但想想印刷者和印刷
  厂的孩子呢?
这是些精美的照片——但想想紧依在你胸怀里的
  你的亲密的妻子和朋友呢?
这里是黑铁甲的船,她的巨大的炮在她的炮塔
  里——但舰长和工程师的英勇呢?
在屋子里是碗碟食物和家具——但男主人和女主
  人呢,他们的选择的眼光呢?
那里是高高的天——但是在这里,或者在隔壁,或
  者在街对面呢?
历史上有圣人和哲人——但你自己呢?
讲道、教条、神学——但想想那不可测度的人类的
  脑子,
什么是理性呢?什么是爱呢?什么是生命呢?

## 43

我并不轻视你们牧师们,在任何时候,任何地方,
我的信仰是最大的信仰,也是最小的信仰,
其中包括古代和近代的崇拜以及古代和近代之间
  的一切崇拜,
相信在五千年后我会再来到这世界上,
从神的启示等待着回答,尊奉诸神,礼赞太阳,
以最早的岩石或树木为神并在被禁咒的圈子内执
  杖祈祷,

帮助喇嘛或婆罗门修整神像前的圣灯,
通过大街在一种阳物崇拜的游行中舞蹈,在森林
　　中成为狂热而质朴的赤脚仙人,
从头骨的酒杯中饮啜蜜酒,成为沙斯塔和吠陀的
　　信徒并默诵可兰经,
登上被石头或刀子上的血液所污染的神坛,敲击
　　着蛇皮鼓,
接受福音,接受被钉在十字架的人,确信他是神
　　圣的,
在弥撒时跪下,或者和祈祷着的清教徒一同起立,
　　或者耐心地静坐在一个蒲团上,
在我的神智癫狂的生死关头我吐着唾沫,发着狂
　　言,或者如死人一样期待着直到我的精神使我
　　苏醒。
注视着马路和土地或马路和土地的外面,
在众圈之圈中绕行。
是向心和离心的人群中的一分子,我转回来,像一
　　个要出门的人对自己所留下的职务详为交代。

垂头丧气的、沉闷孤独的、
尪弱的、阴沉的、忧郁的、愤怒的、浮动的、失意的、
　　无信仰的怀疑者哟,
我知道你们每一个人,我认识那痛苦、怀疑、绝望
　　和无信仰的大海。

比目鱼是如何地使水花飞溅哟!
它们像闪电般迅速地歪扭着、痉挛着、喷着血!

让那如带血的比目鱼一样的怀疑者和阴沉的忧郁
　　者安静吧,
我跟你们在一起,如同跟任何人在一起一样,
过去对你、我、一切的人,都完全一样地起着推动
　　作用,
还未经受过的和以后的一切也完全一样地等待着
　　你、我、一切的人。

我不知道未曾经受过的和以后的究竟是什么,
但我知道到时候它自会是充足合用,决不失误。

每一个经过的人已被考虑到,每一个停留下来的
　　人也被考虑到,一个人它也不会遗忘。

它不会遗忘掉那死去的已被埋葬了的青年人,
那死去的已埋葬在他身旁的青年妇人,
更不会忘掉在门口偶一窥望此后就永不再见的小
　　孩子,
那无目的地活着的、感觉到比苦胆更烈的苦痛的
　　老人,
那在贫民院中由于饮酒和凌乱的生活而生着结核
　　病的人,

那无数的被杀戮者、灭亡者,还有被称为人类秽物的粗野的科布人,

那仅仅张着嘴游荡着,希望食物落在口里的萨克人,

那在地上的或者在地上最古老的坟墓里的任何物件,

那在无数的星球上的任何物件,还有存在于那上面的无穷无尽的任何物件,

更不会忘记现在,以及我们所知道的最小的一片磷火。

## 44

这是说明我自己的时候了——让我们站起来吧。

一切已知的我都抛开,
我要使一切男人和女人都和我进入到"未知"的世界。

时钟指示着瞬息间,——但什么能指示永恒呢?

我们已经历尽亿万兆的冬天和夏天,
在前面还有着亿万兆,还有着亿万兆在它们的前面。

生已经带给我们以丰富和多彩的世界，
此后的生也将带给我们以丰富和多彩的世界。

我不认为其间有伟大与渺小之别，
任何一件占据着自己的时间和空间的事物都与任
　何其他事物相等。

我的兄弟，我的姊妹哟，人类谋害你们或嫉妒你
　们么？
我为你们很难过，人类并不谋害我或嫉妒我，
一切人都对我很温和，我不知道悲叹，
（我有什么可悲叹的呢？）

我是已成就的事物的一个最高表现，在我身上更
　包含着将成的事物。

我的脚踏在梯子上最高一级，
每一级是一束年岁，一步比一步代表更大的一束，
一切在下的都正常地走过去，而我仍然在往上
　攀登。

我愈升愈高，我后面的幻象均俯伏在地，
在远处下面，我看见那巨大的混沌初开时的"空
　无"，我知道我也曾经在那里过，
我一直在那里暗中等待着，昏沉地睡过了那迷蒙

的烟雾,
耐心等待着我的时刻,并不曾受到恶臭的炭质的
　　伤害。

我被紧抱得很久了——很久很久了。

为我而做下的准备是宏伟的,
可靠的友爱的手臂曾援助了我。
时代摇荡着我的摇篮,颠簸起伏如同快乐的扁舟
　　一样,
因为要留出我的地位,星星们都远远地走在它们
　　自己的轨道上,
它们照看着我将出现的地方。

在我从母亲体内出生以前的若干世代都引导
　　了我,
我的胚胎从不迟钝麻痹,没有东西能把它压下。

为着它,星云凝结成一个地球,
千万年的地层堆积起来让它可以栖息,
无数的植物供给它以质体,
巨大的爬虫将它送到它们的嘴里并小心地将它
　　保存。

一切力量都有步骤地用来使我完成使我快乐,

现在,我怀着我的健壮的灵魂站在此地。

## 45

啊!青年的时代哟!无限伸张着的弹力哟!
啊!均匀的、鲜艳的、丰满的成年哟!

我的爱人们使我要窒息了。
他们堵住了我的嘴唇,塞住了我的皮肤的毛孔,
拥着我通过大街和公共的大厅,夜间裸体来到
　　我处,
白天从河岸的岩石上呼叫着,啊嗬!鸣叫着在我
　　的头顶上回荡,
从花坛、从葡萄藤、从扭结着的树丛中叫喊我的
　　名字,
在我生命的每一瞬间放光,
以温柔的香甜的亲吻吻遍了我的身体,
更悄悄地从他们的心里掏出一把一把的东西送
　　给我。

老年崇伟地出现了!啊,欢迎呀!垂死的日子的
　　不可言说的优美!

每一种情形都不仅仅是宣告自己的存在,它更宣
　　告了从它自己生长出来的未来的东西,

黑暗中的嘘声所宣告的也如其他的东西一样多。

我在夜间打开我的天窗观察散布得很远的星辰,
所有我能看到的再倍以我所能想象的最高的数字
　　也只不过碰到更远的天体的边缘。

它们愈来愈广地向四方散布,开展着,永远开
　　展着,
伸出去,伸出去,永远伸出去!

我的太阳又有着它的太阳,并且顺从地围绕着它
　　旋转,
它和它的同伴加入了更高的环行着的一组,
而后面还有更大的一组,它使他们中最伟大的成
　　为微小的一个颗粒。

它们永不停止也绝不会停止,
如果我、你、大千世界以及在它们下面或在它们的
　　表面上的一切,在这瞬间都回复到一种青灰色
　　的浮萍,那也终久徒然,
我们必然地仍会回到我们现在所站立的地方,
也必然地能再走得同样远,而且更远更远。

亿万兆年代,亿万兆平方英里,并不危害这一瞬的
　　时间或者使它迫不及待,

它们也只不过是一部分,一切物都只是一部分。

不论你望得多远,仍然有无限的空间在外边,
不论你数多久,仍然有无限的时间数不清。

我的约会地已被指定了,那是确定的,
上帝会在那里,并且非常友善地等待着我到来,
最伟大的伙伴,使我为之憔悴的最真实的爱人定
　　会在那里。

## 46

我知道我占有着最优越的时间和空间,过去从没
　　有人度量过我,将来也不会有人来度量。

我走着永恒的旅程,(都来听着吧!)
我的标志是一件雨衣、一双皮鞋和从树林中砍来
　　的一支手杖,
没有朋友能舒服地坐在我的椅子上休憩,
我没有椅子,没有教堂,没有哲学,
我不把任何人领到餐桌边、图书馆或交易所去,
我只是领着你们每一个男人和每一个女人走上一
　　座小山丘,
我左手抱着你的腰,
右手指点着大陆的风景和公路。

我不能,别的任何人也不能替代你走过那条路,
你必须自己去走。

那并不遥远,你是可以达到目的的。
或者你一出生就已在那条路上了,只是你自己不
　　知道,
或者它原在水上陆上处处都有。

亲爱的孩子哟! 背负着你的衣包,我也背负着我
　　自己的,让我们迅速地走上前去,
我们一路上将取得美妙的城池和自由的国土。

假使你疲倦了,将两个行囊都给我吧,将你的手扶
　　在我的身上休息一会儿,
适当的时候,你也将对我尽同样的义务,
因为我们出发以后便再不能躺下休息了。

今天在天晓以前我爬到一座小山上,望着那拥挤
　　不堪的天空,
于是我对我的精神说:当我们得到了这些星球和
　　其中的一切快乐和知识的时候,我们将会以为
　　满足了么?
但我的精神回答说:不,我们将越过那些,继续向
　　更远的地方前进。

你也问我一些问题,我静听着,
但我回答说我不能回答,你必须自己去找答案。

亲爱的孩子哟！略坐一会吧,
这里有饼干吃,这里有牛奶喝,
但当你睡一觉恢复了精神又穿上了新衣后,我便
　吻着你和你告别并为你打开你可以走出去的
　大门。

你已沉于可鄙的梦想很久了,
现在我为你洗去你的眼垢,
你必须使你自己习惯于耀眼的光和你的生命的每
　一瞬间。

你胆怯地紧抱着一块木板在海边涉水已经很
　久了,
现在我将使你成为一个勇敢的泅水者,
跳到海中间去,然后浮起来,向我点头、叫喊,并大
　笑地将你的头发浸入水里。

## 47

我是运动员的教师,
由于我的教导而发育出比我胸部更宽的人,证明

了我自己的胸部的宽度,
最尊敬我的教导的人,是那在我的教导下学会了
　　如何去击毁教师的人。

我所爱的孩子,他之变成为一个成人并非靠外来
　　的力量,而是靠他自己,
他宁愿邪恶也不愿由于要顺从习俗或由于恐惧而
　　重德行,
他热爱他的爱人,津津有味地吃他的牛排,
片面相思,或者被人轻视,对他说来比锐利的钢刀
　　切割还难受,
他骑马、拳击、射击、驶船、唱歌或者弹五弦琴,都
　　是第一等好手,
他喜欢创痕、胡子和麻子脸胜过油头粉面,
他喜欢那些给太阳晒黑的人胜过那些躲避阳光
　　的人。

我教导人离我而去,但谁能离我而去呢?
从现在起无论你是谁我都永远跟随着你,
我的言语刺激着你的耳朵直到你理解它为止。

我说这些事情并不是为了一块钱,也不是为了在
　　等船时候借以消磨时间,
(这是我的话,也同样是你的话,我此时权作你的
　　舌头,

舌在你的嘴里给束缚住了,在我的嘴里却开始被
　　解放了。)

我发誓我永不在一间屋子里面对人再提到爱
　　或死,
我也发誓我永不对人解说我自己,只有在露天下
　　和我亲密的住在一起的男人和女人是例外。

假使你愿意了解我,那么到山头或水边来吧,
近在身边的蚊蚋便是一种解说,一滴或一个微波
　　便是一把宝钥,
铁锤、橹、锯子都证实了我的言语。

紧闭着的屋子和学校不能够和我交谈,
莽汉和幼小的孩子们都比他们强。

和我最亲近的青年机器匠了解我很清楚,
身上背着斧头和罐子的伐木工人将整天带着我和
　　他在一起,
在田地里耕种的农家的孩子听到我歌唱的声音感
　　到愉快,
我的言语在扬帆急驶的小船中前进,我和渔人和
　　水手们生活在一起并喜爱着他们。

住在营幕中或在前进中的士兵都是属于我的,

在战争的前夜许多人来找我,我不使他们失望,
在那紧张严肃的夜间(那或者是他们的最后一夜
　　了)那些知道我的人都来找我。

当猎人独自躺在他的被褥中的时候,我的脸擦着
　　他的脸,
赶车人想着我就忘记了他的车辆的颠簸,
年轻的母亲和年老的母亲都理解我,
女儿和妻子停针片刻忘记了她们是在什么地方,
他们和所有的人都将回想着我所告诉他们的
　　一切。

## 48

我曾经说过灵魂并不优于肉体,
我也说过肉体并不优于灵魂,
对于一个人来说,没有什么东西——包括上帝在
　　内——比他自己更重大,
无论谁如心无同情地走过咫尺的路程便是穿着尸
　　衣在走向自己的坟墓,
我或你钱囊中空无所有的人也可以购买地球上的
　　精品,
用眼睛一瞥,或指出豆荚中的一粒豆,就可以胜过
　　古往今来的学问,
任何一种行业,青年人都可以借之成为一个英雄,

任何一件柔软的物质都可以成为旋转着的宇宙的
　　中心，
我对任何男人或女人说：让你的灵魂冷静而镇定
　　地站立在百万个宇宙之前。

我也对人类说：关于上帝不要寻根究底，
因为我这个对于一切都好奇的人并不想知道上帝
　　是什么东西，
（没有言词能形容我对上帝和死是如何漠然。）

我在每一件事物之中都听见和看见了上帝，但仍
　　一点也不理解上帝，
我也不能理解还能有谁比我自己更为奇异。

为什么我还希望要比今天更清楚地看见上帝呢？
我在二十四小时的每一小时甚至每一瞬间，都看
　　见了上帝的一部分，
在男人和女人的脸上，在镜子里面的我自己的脸
　　上，我看见上帝，
在大街上我得到上帝掷下的书信，每一封信都有
　　上帝的签名，
但我把这些信留在原来的地方，因为我知道不管
　　我到哪里，
永远将有别的信如期到来。

## 49

至于死亡,给人以痛苦的致命的拥抱的你,你想来恐吓我是毫无用处的。

助产医生毫不畏缩地来做他的工作,
我看见他的老年人的手压挤着、接受着、支持着,
我靠在精致柔软的门边,
注视着出口,注意到痛苦的减轻和免除。

至于你,尸体,我想你是很好的肥料,这我并不介意,
我嗅着生长着的芳香的白玫瑰,
我伸手抚摩叶子的嘴唇,我抚摩西瓜的光滑的胸脯。

至于你,生命,我想你是许多死亡的遗物,
(无疑我自己以前已经死过了一万次。)

啊,天上的星星哟!我听见你在那里低语,
啊,太阳哟,——啊,墓边的青草哟,——啊,永恒的转变和前进哟,
假使你们不说什么,我又能说什么呢?

秋天树林中的混浊的水塘,
从萧瑟的黄昏绝岩降下来的月亮,
摇动吧,白天和黑夜的闪光,——在垃圾堆里腐朽
　　的茎叶上摇晃,
伴着干槁的树枝的悲痛的谵语摇晃。

我从月亮上升,我从黑夜上升,
我觉出这朦胧的微光乃是午间的日光的反映,
我要从这些大小的子孙走出,走到那固定的中心。

## 50

在我身上有点什么东西——我不知道它是什
　　么——但我知道它是在我身上。

经过一阵痉挛出一阵汗,然后我的身体安静清凉,
我入睡了——我睡得很久。

我不知道它——它没有名字——它没有被人说
　　出过,
在任何字典里、言语里、符号里也找不到它。

它所附着的某种东西更重要于我所居住的地球,
创造是它的朋友,这个朋友的拥抱使我苏醒了。

或者我还能说出更多的东西。纲要吧！我要为我的兄弟姊妹们辩护。

我的兄弟姊妹们哟,你们看见了么?
它不是混沌不是死亡,——它是形式、联合、计划——它是永恒的生命——它是幸福。

## 51

过去和现在凋萎了——我曾经充满了它们,又倾空了它们,
现在又要去装满将来的最近的一层。

那里的听者哟！你有什么秘密告诉我呢?
当我嗅着黄昏的边缘的时候,请正视我的脸。
(老实说吧,没有别的任何人会听你讲话,而我也只能再做一分钟的停留了。)
我自相矛盾吗?
很好,我就是自相矛盾吧,
(我辽阔广大,我包罗万象。)

我专注意那些离我最近的人们,我坐在门槛上期待着。

谁已经做完了他一天的工作? 谁最快吃完了他的

晚饭?

谁愿意和我散步呢?

在我走以前你想说什么话么?你要等到已经是太晚了的时候么?

## 52

苍鹰在附近飞翔着,它斥责我,怪我不该饶舌和游荡。

我也一点没有被驯服,我也是不可解说的,
我在世界的屋脊上发出我的粗野的呼声。

白天的最后的步履为我停留,
它把我的形象投掷在其他一切形象的后面,如同它们一样的确实,把我丢在黑影里的野地上,
它诱劝我走近雾霭和黑暗。

我如空气一样地离去了,我对着将逝的太阳摇晃着我的白发,
我把我的血肉大量抛进涡流之中,包在像花边一样的破布中漂流着。

我将我自己遗赠给泥土,然后再从我所爱的草叶中生长出来,

假使你要再见到我,就请在你的鞋底下找寻吧。

你也许将不知道我是谁,或者不明白我的意思,
不过我仍将带给你健康,
将滤净和充实你的血液。

要是你不能立刻找到我,你仍然应保持勇气,
在一处错过了,还可到别处去寻觅,
我总是在某个地方停留着等待你。

# 亚当的子孙

## 从滚滚的人海中

从滚滚的人的海中,一滴水温柔地来向我低语:
"我爱你,我不久就要死去;
我曾经旅行了迢遥的长途,只是为的来看你,和你
　亲近,
因为除非见到了你,我不能死去,
因为我怕以后会失去了你。"

现在我们已经相会了,我们看见了,我们很平安,
我爱,和平地归回到海洋去吧,
我爱,我也是海洋的一部分,我们并非隔得很远,
看哪,伟大的宇宙,万物的联系,何等的完美!
只是为着我,为着你,这不可抗拒的海,分隔了
　我们,
只是在一小时,使我们分离,但不能使我们永久地
　分离。

别焦急,——等一会儿——你知道我向空气、海洋和大地敬礼,

每天在日落的时候,为着你,我亲爱的缘故。

芦笛集

## 我在春天歌唱着这些

我在春天歌唱着这些在为爱人们采集,
(因为除了我,谁理解爱人们和他们所有的忧愁和快乐呢?
除了我,谁是伙伴们的诗人呢?)
我采集着,我遍历了世界花园但很快地通过了大门,
时而沿着池边,时而涉水片刻,并不惧怕濡湿,
时而在横木竖木做成的围墙旁边,那里有从田野里拾来、投掷在那里的古老的石块堆积着,
(野花、藤蔓和杂草从石缝中长出来,部分地掩盖着它们,我从这里走了过去,)
在很远很远的树林里,或者后来在夏天徜徉的时候,在我想着我要去什么地方之前,
我孤独地嗅着大地的气息,不时地在寂静中停下来,
我独自一人想着,但即刻一群人集合在我的周围,

有些在我的身旁走着,有些在我的身后,有些围抱着我的手臂或我的脖子,

他们是死去或活着的亲爱的朋友们的灵魂,他们越来越多,成了一大群人,而我便在其中,

我一边采集,一边分送,歌唱着,我在那里和他们漫步,

想采摘点东西作为纪念,投掷给我身边的无论是谁,

这里,是紫丁香花和一棵松枝,

这里,从我的袋中取出的是我在佛罗里达的一棵活橡树上摘下的、低垂着的苔藓,

这里,是一些石竹、桂叶和一把藿香,

而这里便是我刚才在池边涉水的时候,从水里捞上来的,

(啊,这里,我最后看见那温柔地爱着我的人,他回来以后,不再和我分开,

而这,啊,这枝芦根,此后便将是伙伴的纪念,

青年们互相交换着它呀!谁也别再退还!)

而枫树的枝,和一束野橙和胡桃,

酸栗的干、梅花和香杉,

这些我以浓厚的精灵的云雾围绕着,

我漫步着,当我走过的时候,我指点着,摸着,或者散漫地掷投着它们,

指给每个人他要得到的东西,每个人都将得到一些,

但我从池边水里所捞出来的,我却保留着,
这个我只分给那些能像我自己一样能够爱恋的
　人们。

# 在路易斯安那我看见一株活着的橡树正在生长

在路易斯安那我看见一株活着的橡树正在生长,
它孤独地站立着,有些青苔从树枝上垂下来;
那里没有一个同伴,它独自生长着,发出许多苍绿
　　黝碧的快乐的叶子,
而且,它的样子,粗壮、刚直、雄健,令我想到我
　　自己;
我惊奇着,它孤独地站立在那里,附近没有它的朋
　　友,如何能发出这么多快乐的叶子,——因为我
　　知道这在我却不可能;
我摘下了一个小枝,上面带着一些叶子,而且缠着
　　少许的青苔,我将它带回来,供在我的屋子里,
　　经常看它,
我并不需要借它来使我想起我自己亲爱的朋
　　友们,
(因为我相信最近我是经常想到他们的,)

然而它对我终是一种奇异的标志——它使我想到
　　了男性的爱;
尽管如此,这路易斯安那的活着的橡树依然孤独
　　地生长在那广阔的平地上,
附近没有一个朋友,也没有一个情人,一生中却发
　　出这么多的快乐的叶子,
这我十分知道在我却不可能。

# 当我细读英雄们获得的名望

当我细读英雄们获得的名望和勇将们的胜利,我并不羡慕那些将军,
也不羡慕在任的总统,或者大厦里的富翁,
但是如果我听到相爱者们的情谊,以及它对他们的意义,
他们怎样终生在一起,备历艰险、非难而永不变更,
从青年直到中年和老年,那样毫不动摇,那样笃爱而忠信,
那时我才郁郁不乐——我匆匆走开,怀着满腔火热的嫉恨。

## 这里是我的最脆弱的叶子

这里是我的最脆弱的叶子,可也是我最坚强而耐久的部分,
这里我荫蔽和隐藏着我的思想,我自己不去暴露它们,
可是它们暴露我,比我所有其他的诗歌都更广更深。

## 给一个西部地区的少年

我传授许多可以吸收的东西来帮助你成为我的
　门徒,
可是如果你血管中流的并不是我的这种血液,
如果你不被心爱的人默默地挑选,或者你不默默
　地挑选爱侣,
你想要成为我的门徒又有什么用处?

## 如今生机旺盛

如今生机旺盛,结实,谁都看得见,
我,四十岁了,在合众国第八十三年,
向百年以后或若干世纪以后的一个人,
向尚未出生的你,留下这些去把你访问。

当你读到这些时,原来看得见的我已经消逝,
那时将是结实而可见的你在理解我的诗,把我
　　寻觅,
想象着你多么高兴,假如我能跟你在一起,成为你
　　的同志;
就算那时我跟你在一起吧。(但不要太肯定以为
　　我此刻就不跟你在一起。)

# 大路之歌

### 1

我轻松愉快地走上大路,
我健康,我自由,整个世界展开在我的面前,
漫长的黄土道路可引到我想去的地方。

从此我不再希求幸福,我自己便是幸福,
从此我不再啜泣,不再踌躇,也不要求什么,
消除了家中的嗔怨,放下了书本,停止了苛酷的
　非难。
我强壮而满足地走在大路上。

地球,有了它就够了,
我不要求星星们更和我接近,
我知道它们所在的地位很适宜,

我知道它们能够满足属于它们的一切。
(但在这里,我仍然背负着我多年的心爱的包袱,
我背负着他们,男人和女人,我背负着他们到我所到的任何地方。
我发誓,要我离弃了他们那是不可能的,
他们满足了我的心,我也要使自己充满他们的心。)

## 2

你,我走着,并且四处观望着的路哟,我相信你不是这里的一切,
我相信在这里还有许多我没有法子看到的。

这里是一个兼收并蓄的深刻榜样:没有偏爱,也没有拒绝,
鬈头发的黑人、罪犯、残废者、目不识丁的人,都不被拒绝,
诞生、延请医生者的匆忙、乞丐的踉跄、醉汉的摇摆、工匠的哗笑之群,
逃亡的青年、富人的马车、纨绔子弟、私奔的男女,
早起赶集的人、柩车、家具往镇上的搬运又从镇上搬运回来,
他们走过,我也走过,一切都走过,一切不会受到禁止,

这里一切都会接受,一切对我都是可爱的。

## 3

你,给我以说话的气息的空气哟!

你们,把我的意思从空泛模糊中召唤出来并给它们以形象的物体哟!

你,在均匀的阵雨中包被了我和万物的光辉哟!

你们,路旁崎岖山洞中荒废了的小道哟!

我相信你们蕴蓄着不可视见的生命,你们对于我是这样的可爱。

你们,城市里铺着石板的街道哟!你们,地边上的边石哟!

你们,渡船,你们,码头上的舢板和桅杆,你们,木材堆积着的两岸,你们,远方的船舶哟!

你们,一排排的房子,你们,有着窗棂的前厦,你们,房顶哟!

你们,走廊和门口,你们,山墙和铁门哟!

你们,窗户,通过你们的透明的玻璃,就会看透一切,

你们,门和台阶和拱门哟!

你们,无尽的大路的灰色铺石,你们,踏平的十字路哟!

从一切接触过你们的人或物身上,我相信你们都吸收了一些什么作为你们自己的一部分,而现

在又要暗中传播给我,

在你们冷漠无情的表面上,都有古往今来一切人的遗迹,他们的灵魂我看得清楚,而且对我是可爱的。

## 4

地球从左边和右边扩展开来,
生动的图画,各部分都放着最美的光辉,
音乐在需要着的地方演奏,在不需要的地方停止,
这大路上的快乐呼声,这大路上的快乐的新鲜的感情。

啊,我所走着的大路哟!你们对我说过"别离开我"么?
你不是说过"别冒险——假如你离开我,你便迷失"么?
你不是说过"我已经准备好了,我已锻炼得很好,我所说的必得做到,别离开我"么?

啊,大路哟,但我回答你,我不是怕离开你,乃是我爱着你,
你表达我的心意,比我自己表达得彻底,
对我说来,你比我的诗歌将更有意义,更有价值。

我想英雄的事业都在露天之中产生，一切自由的
　　诗歌也是一样，
我想我可以站在这里，而且表演出奇迹，
我想凡是我在路上遇见的我都喜欢，无论谁看到
　　了我，也将爱我，
我想我所看到的无论何人都必快乐。

## 5

从这时候起我使我自己自由而不受限制，
我走到我所愿去的地方，我完全而绝对地主持着
　　我自己，
听着别人的话，深思着他们所说的，
踌躇、探索、接受、冥想，
温和地、但必须怀着不可抗拒的意志从束缚着我
　　的桎梏下解放我自己。

我在广大的空间里呼吸，
东边和西边属于我自己，北边和南边也属于我
　　自己。

我比我自己所想象的还要巨大，美好，
我从没想到我会有这么多的美好品质。

一切对于我都是美丽的，

我可以对男人和女人再三地说,你们对我这么好,
　　我对你们也要如此,
一路上我要补养你们和我自己,
一路上我要把我自己散布在男人和女人中间,
在他们中间投入一种新的喜悦和力量,
谁反对了我不能使我苦恼,
谁容受了我,他或她便受到祝福,也将为我祝福。

## 6

现在,假使有一千个完美的男人出现,那也不足使
　　我诧异,
现在,假使有一千个秀丽的女人出现,那也不足使
　　我惊奇。

现在我看出了优秀人物的创造之神秘,
那就是在露天之中生长,并和大地一同食、息。

一桩伟大的个人行为在这里有施展的余地,
(这样的行为把握着全人类的心,
它发出的毅力和意志可以粉碎法律并嘲弄着一切
　　的权威,和一切反对者的争论。)

这里是智慧的考验,
智慧不是最后在学校里受到考验,

智慧不能从有智慧的人传给没有智慧的人,
智慧是属于灵魂的,是不能证明的,它本身便是自己的证明,
应用于一切时期、一切事物、一切美德而无不足,
是一切事物之现实及不可灭的必然,是一切事物之精义,
浮在一切事物的现象之中的一种东西将它从灵魂里面导引出来。

现在我再考虑哲学和宗教,
它们在讲堂里可能证明不错,然而在广阔的云彩之下,在田野之间与流泉之旁,却一无是处。

这里是现实,
这里一个人被检验着,他看出自己究竟有些什么本领和修养。
过去、未来、威严、爱情,——假使它们对于你是空无的,那你对于他们便也是空无的。

只有一切东西的核心能够给人补养;
那替你和我撕去了一切东西的外皮的人在何处呢?
那替你和我拆穿阴谋,揭露蒙蔽的人在何处呢?

这便是一种附着力,那不是预先安排好的,那乃是

一种巧合；

当你走过,为陌生的人所爱的时候,你知道那是什么？

你知道那些转动着的眼珠子说着些什么？

## 7

这里便是灵魂的流露,

灵魂的流露,通过树荫隐蔽的大门来自里面,并永久引起人们的疑问,

这些希望是为着什么,在黑暗中的思考是为着什么？

为什么当男人女人们接近我的时候,阳光会透入我的血液？

为什么当他们离开了我,我的快乐的旗帜即已偃息？

为什么我从那些树下走过的时候,总会给我以开阔而和谐的思想？

（我想它们不分冬夏挂在那些树上,当我走过,总有果实落了下来；）

我如此迅速地和陌生人心领神会的是什么？

当我和马夫并坐驰驱的时候,彼此心领神会的是什么？

当我从河岸走过且停息下来,和一个拉着大网的渔夫心领神会的是什么？

使我随意接受一个女人和男人的祝福的是什么?
  使他们随意接受我的祝福的又是什么?

## 8

灵魂的流露是快乐,这里便是快乐,
我想它正弥漫在空中,永远等待着,
现在它向我们流来了,我们正好接受它。

这里出现了一种流动而有附着性的东西,
这流动而有附着性的东西便是男人和女人的清鲜
　　和甘甜,
(这不断从自身散发出来的清鲜和甘甜,不亚于
　　每天从根里生出芽来的晨间的香草。)

向着这流动而有附着性的东西,有老年人和青年
　　人的爱的血汗流去,
从它那里滴下超越一切美一切艺能的美妙,
向着它起伏着战栗地渴望着接触的苦痛。

## 9

走呀!无论你是谁都来和我同行吧!
和我同行,你们将永不会感到疲倦。

地球也永不会让你们疲倦,

地球当初是粗陋的、沉默的、不可知的,自然在当
初也是粗陋和不可知的,

别退缩吧,继续前进,那里有深藏着的神圣的
东西,

我敢向你发誓,那里有着神圣的东西比言语所能
形容的还要美丽。

走呀!我们不要在此停留,

无论这里的储藏多么丰富,无论这里的住宅多么
舒适,我们不能在此停留,

无论这里的口岸建筑得多么好,无论这里的水面
多么平静,我们不要在此下锚,

无论我们周围的款待多么殷勤,我们也只做片刻
的应酬。

## 10

走呀!那种引诱将是更大的,

我们将航过无边无际的大海,

我们将到风吹浪打的地方,到美国人的海船张起
了帆飞速前进的地方。

走呀!带着力量、自由、大地、暴风雨、
健康、勇敢、快乐、自尊、好奇;

走呀！从一切的法规中走出来！
从你们的法规中，啊，你们这些盲目的和没有灵魂
　　的神父哟！

腐臭的死尸阻塞在路上——应该赶快埋葬了。

走呀！但还得小心！
和我同行的人需要热血、肌肉、坚忍，
没有人可以做这试验，除非他或她勇敢和健全，
假使你已经耗损了你自己生命的精华，望你不必
　　到这里来，
只有着健康和坚强的身体的人们才可以来，
这里不许有病人、纵酒者和花柳病传染者。

（我和我的同伴不用论证、比喻、诗歌来说服人，
我们用我们的存在来说服人。）

## 11

听呀！我将和你推诚相见，
我不给古老的光滑的奖品，只给你新的粗糙的
　　奖品，
你必会遇到这样的日子：
你将不积蓄所谓财富一类的东西，
你将以慷慨的手分散你所获得和成就了的一切，

你刚达到你要去的那城市,还没有满足地安顿下
    来,你又被一种不可抗拒的叫唤,叫了开去,
你将被那些留在你后面的人讥笑和嘲弄,
你接受了爱情的招手以后,只能以别离时的热情
    的亲吻作为回答,
你将不让那些向你伸出了手的人紧握着你。

## 12

走呀!跟在伟大的同伴们之后,做他们的一员吧!
他们也在路上走着,——他们也是迅速而庄严的
    男人,——她们是最伟大的女人,
海的宁静和海的狂暴的欣赏者、
驾驶过许多航船的水手、走过了许多路程的旅
    行者、
许多远方国家的常往者、遥远的地方的常往者,
男人和女人的信托人、城市的观察者、孤独的劳
    动者,
望着草丛、花朵、海边上的贝壳徘徊而沉思的人,
结婚舞的舞蹈者、参加婚礼的贺客、孩子的温和的
    扶助者、孩子的养育者,
叛乱的兵士、守墓者、运柩夫,
四季不停的旅行者、年年不停的旅行者,他们所经
    过的日子,总是一年比一年新奇,
旅行者,有着自己的不同的阶段,就像和他们一起

旅行的同伴,
旅行者,从潜伏的未被实现的婴孩时代迈步前进,
旅行者,快乐地走着,经过了青年、壮年和老年,
经过了丰富、无比和满足的妇人时代,
旅行者,经过了女人和男人的庄严的老年时代,
老年时代,和平、开朗、与宇宙同样广阔,
老年时代,对于可喜的行将来临的死亡解脱,感到达观、自由。

## 13

走呀!向着那无始无终的地方走去,
白天行走,夜里休息,要备尝艰苦,
将一切都融汇在你们所走过的旅程之中,融汇在你们所度过的白天和黑夜里,
更将它们融汇在将要开始的更崇高的途程中,
不要观看任何地方的任何东西,只看着你可以达到而且超越的东西,
不要想到任何时间,不管它多么久远,你只想到你可以达到而且越过的时间,
不要上下观望其他的道路,你只注意那伸展在你的面前等待着你的一条,无论多长,总是那伸展在你的面前等待着你的一条,
不要注意任何神或人的存在态度,只注意到你也同样可以达到的境界,

你所要占有的,只是你可以占有,可以不花劳力不
　　付代价即可享受的一切,你食用全席,而不只是
　　啖尝一脔,
你享受农人的最优良的农田和富人的别墅,享受
　　着幸福的新婚者的纯洁的福祉,果园中的果实
　　和花园中的花朵,
你从你经过的一切稠密的城市中取得所需,
以后无论你到什么地方,你都随身带着建筑和
　　街道,
你从你遇见的人们的脑子里摄取他们的智慧,从
　　他们的心中摄取他们的爱情,
你把你爱的人带着和你一同上路,尽管事实上你
　　把他们留下并未带走,
你知道宇宙自身也是一条大路,是许多大路,为旅
　　行着的灵魂所安排的许多大路。

为着让灵魂前进,一切都让开道路,
一切宗教、一切具体的东西、艺术、政府,——一切
　　过去和现在出现在这个地球上面,或任何地球
　　上面的东西,在顺着宇宙的宏大的道路前进着
　　的灵魂的队伍之前,都已退避到隐僻处和角落
　　里去了。

男人和女人的灵魂顺着宇宙的大路前进,对于它,
　　所有别的前进,只是一些必要的标帜和基础。

永远活着,永远前进,
一切庄严的、肃穆的、悲哀的、后退的、受了挫折
　　的、疯狂的、骚乱的、怯弱的、不满足的、
绝望的、骄傲的、宽纵的、患有疾病的、人所欢迎
　　的、人所拒绝的,
他们都在走,他们都在走哟!我知道他们在走,但
　　我不知道他们要走向哪里?
但我知道他们是向着最美好的一切前进——向着
　　一种伟大的目标前进。

无论你是谁,前进呀!男人或女人们都前进呀!
你不要躲在屋子里贪睡和虚耗光阴,虽然那屋子
　　是你建筑的,或为你建筑的。

从黑暗的禁锢之中出来!从幕幔的后面出来吧!
申说是无用的,我知道一切,且要将一切都揭开。

我已看穿了你也不比别人好,
从人们的欢笑、跳舞、飨宴、饮啜,
从衣服和装饰的里面,从洗洁了的、修整了的面
　　容里,
可以看出一种暗藏的、默默的厌恶和失望。

丈夫、妻子和朋友之间,对各自内心的一切也彼此

讳莫如深，

另外一个自我，每个人的副本，总在闪闪躲躲隐隐藏藏，

无形，无声，通过了城市里的街道，在客厅里殷勤而有礼，

在铁道上的火车里、在汽船上、在公共会场，

在男人和女人的家里、在餐桌上、在寝室中、在无论何处，

穿着盛装、面带笑容、相貌端正，在胸膛下面藏着死，在头骨里隐着灭亡，

在呢绒和手套下面，在缎带和纸花下面，

做得非常美好，绝不说到它自己，

说着别的一切事，但绝不说到自己。

## 14

走呀！通过了奋斗和战争！
已经认定了的目标不能再改换。
过去的奋斗成功了么？
是谁成功的？你自己呢？你的国家呢？自然呢？
你要知道——事物的要旨是这样的，从任何一项成功，都产生出某种东西，使更伟大的斗争成为必要。

我的号召乃是战争的号召，我培植了反叛的行为，

和我同行的人,必须武装齐备,

和我同行的人常常会饮食不足,遭受贫穷,遇到强
　　敌,为伙伴背弃。

## 15

走呀!大路展开来在我们的面前了!

那是安全的,——我已经试验过——我自己的两
　　足已经试验过——别再耽延吧!

让没有写过字的纸放在桌子上不要乱写,让没有
　　看过的书放在架上不要乱翻!

让工具放在工厂里,让金钱没有到手吧!

让学校都开着,别管那些教师的叫喊!

让说教者在教堂中说教,让律师在法庭上争辩,让
　　法官去解释法律。

伙伴哟!我给你我的手!

我给你比黄金还宝贵的我的爱,

我在说教和解释法律以前给你我自己!

你也给我你自己么?你也来和我同行么?

在我们的一生中,我们能忠实相依而不分离么?

# 横过布鲁克林渡口

## 1

在我下面的浪潮哟,我面对面地看着你呀!
西边的云——那里已经升起了半小时的太阳——
　　我也面对面地看着你呀!

穿着普通衣服的成群男女哟,在我看来,你们是如
　　何地新奇呀!
在渡船上有着成百成千的人渡船回家,在我看来,
　　这些人比你们所想象的还要新奇,
而你们,多年以后将从此岸渡到彼岸的人,也不会
　　想到我对于你们是这样关切,这样地默念着
　　你们。

## 2

在每天所有的时间里,从万物中得来我的无形的粮食,
单纯的、紧凑的、完美地结合起来的组织,我自己分崩离析了,每个人都分崩离析了,但仍为组织的一部分,
过去的相似处和未来的相似处,
光荣,如同念珠一样贯串在我的最微小的视听上,在大街上的散步,在河上的过渡,
河流是这么湍急,和我一起向远方游去,
那跟随着我而来的别人,我与他们之间的联系,
别人的真实,别人的生命、爱情、视觉和听闻。

别人将进入渡口的大门,并从此岸渡到彼岸,
别人将注视着浪潮的汹涌,
别人将看到曼哈顿西面北面的船舶,和东面南面布鲁克林的高处,
别人将看见大大小小的岛屿;
五十年以后别人横渡的时候将看见它们,那时太阳才升起了半小时,
一百年以后或若干百年以后,别的人将看见它们,
将欣赏日落,欣赏波涛汹涌的涨潮,和奔流入海的退潮。

## 3

时间或空间,那是无碍的,——距离也是无碍的,
我和你们一起,你们一世代或者今后若干世代的
　　男人和女人,
恰如你们眺望着这河流和天空时所感觉到的,我
　　也曾如此感觉过,
恰如你们之中任何人都是活着的人群中的一个,
　　我也曾是人群中的一个,
恰如河上的风光与晶莹的流水使你们心旷神怡,
　　我也曾感觉过心旷神怡,
恰如你们此时凭栏站立,而又在随着急流匆匆前
　　进,我也曾站立过匆匆前进,
恰如你们此时眺望着木船的无数的桅杆,还有汽
　　船,我也曾眺望过。

我以前也曾多次横渡过这个河流,
注视着十二月的海鸥,看它们在高空中凝翅浮动,
　　摇动它们的身体,
看着灿烂的黄光如何地照出它们身躯的一部分,
　　而把其余的部分留在浓重的阴影里,
看着它们悠缓迂回的飞行,然后渐渐地侧着身子
　　向南方飞去,
看着夏季天空在水里面的反光,

由于霞光的浮动,使我的双目眩晕了,
看着美丽的离心光带在阳光照耀的水上环绕着我的头,
看着南方和西南方山上的雾霭,
看着蒸气,当它带着淡蓝的颜色一片片飘过时,
看着远处的港口,注意着到达的船舶,
看着它们驶近,看着那些和我邻近的人们上船,
看着双桅船和划子的白帆,看着船舶下锚,
水手们拉着大索,或者跨过甲板,
圆形的桅杆,摆动着的船身,细长蜿蜒的船旗,
开动着的大大小小的汽船,在领港室里的领港员,
船过后留下的白色的浪花,轮轴的迅速转动,
各国的国旗,在日暮时候降落,
黄昏时海上扇形的、如带匙之杯的浪涛,嬉戏而闪耀着的浪头,
远远的一片陆地,显得更朦胧了,码头边花岗石仓库的灰色的墙垣,
在河上人群的影子,两侧紧靠着舢板的大拖轮,稻草船,稽迟了的驳船,
在邻近的岸上铸造厂的烟囱,火光喷得很高,在黑夜中闪耀着,
在强烈的红光和黄光之中,把阵阵的黑烟喷射到屋顶上,并落到街头上。

4

这些和其他一切从前对于我正如它们现在对于你一样,
我曾热爱过这些城市,热爱过这庄严迅急的河流,
我从前看见过的男人和女人对我都很亲近,
别的人也一样,——别的人现在回顾着我,因为我从前瞻望过他们,
(那个时候将会来到,虽然今天今夜我站立在这里。)

5

那么,在我们之间存在着什么?
在我们之间的几十年或几百年那又算是什么?

无论那是什么,那是无碍的,距离无碍,地点亦无碍,
我也生活过,有着无数山峦的布鲁克林曾是我的,
我也曾经在曼哈顿岛的大街上漫步,在环绕着它的海水里面洗过澡,
我也曾感觉到有些新奇的突然的疑问在我心中激起,
白天在人群中的时候我忽然想起,

深夜我步行回家,或者躺在床上的时候我忽然
    想起,
我也曾经从永远的熔流中出来,
我之所以成为我也是由于我的肉体,
过去的我是怎样,我知道是由于我的肉体,将来的
    我是怎样,我知道也是由于我的肉体。

## 6

黑暗的阴影不单是落到你的身上,
黑暗也将它的阴影投落在我的身上,
我曾经做过的最好的事在我看来还是空虚和可
    疑的,
我曾经以为这些是我的伟大的理想,实际上它们
    不是贫乏得很么?
知道什么是恶的人也不单单是你,
我也是深知什么是恶的人,
我也曾接过古老的矛盾之结,
我曾经饶舌、觍颜、怨恨、说谎、偷盗、嫉妒,
我曾有过奸诈、愤怒、色欲、不敢告人的色情的
    愿望,
我曾经刚愎任性、爱好虚荣、贪婪、浅薄、狡猾、怯
    懦、恶毒,
豺狼毒蛇和蠢猪的脾气,我心中并不缺少,
欺骗的面容、轻佻的话语、邪淫的欲念,也不缺少,

拒绝、仇恨、拖延、卑鄙、懒怠,这些都不缺少,

我和其余的人一起,跟他们一样地生活着,

当青年人看见我来到或走过的时候,他们以响亮的高声用最亲切的名字喊着我,

当我站着的时候我感到他们的手臂围绕着我的脖子,或者当我坐着的时候,他们的身体不经意地偎倚着我,

我看见许多我喜爱的人在大街上、在渡船上、在公共的集会上,但却没有和他们说过一句话,

和其余的人过着同样的生活,和他们有着同样的古老的欢笑、痛苦、睡眠,

扮演着男演员或女演员都还在追念着的角色,

那同样的古老的角色,我们所造成的角色,正如我们所希望的那样伟大,

或者如同我们所希望的那么渺小,或者又伟大又渺小。

## 7

我和你更接近了,

现在你想到我,就像我以前想到你一样,——我预先就想到你了,

在你诞生以前,我早就长期而严肃地想到你了。

谁知道我最痛切感到的是什么呢?

谁知道我正享受着这个呢?
谁知道尽管有这么多距离,尽管你看不见我,而我现在正如亲眼看见你一样呢?

## 8

啊,在我看来,还有什么能比桅樯围绕着的曼哈顿更庄严更美妙呢?
比河流和落日和海潮的扇形的浪更美妙呢?
比摇摆着身躯的海鸥、在黄昏中的稻草船、稽迟了的驳船更美妙呢?

当我走近,这些紧握着我的手并用我所喜爱的声音活泼地大声地亲切地叫着我的名字的人,什么神能胜过他们呢?

把我和面对着我的女人或男人联结在一起的这种东西,
使我现在跟你融合在一起,并将我的意思倾注给你的这种东西——还有什么比这更微妙呢?

那么我们了解了,是不是?
所有我已经默许而未说出来的你们不是都接受了么?
凡研究不能解决,凡说教不能完成的,不是都已经完成了么？

## 9

向前流呀！河流哟！和涨潮一起涨，和退潮一起退吧！

嬉戏吧,高耸的海浪和扇形的海浪哟！

日落时候壮丽的云彩哟,用你的光辉浸浴我,或者我以后若干世代的男人和女人！

从此岸横渡到彼岸吧！无数的一群群的过客哟！

站起来呀,曼哈顿的高耸的桅杆哟！站起来呀,布鲁克林的美丽的山峦哟！

跳动吧,困惑而又好奇的头脑哟,想出问题来,想出解答来呀！

永远的熔流哟,在这里和任何地方停下来呀！

在屋里,在街上或是在公共场所里凝视吧,热爱而渴望的眼哟！

大声叫喊呀,青年人的声音哟！大声地,有韵节地用我最亲切的名字喊我呀！

生活吧,古老的生命哟！扮演那使男女演员追想的角色吧！

扮演古老的、我们可以使它伟大也可以使它渺小的角色吧！

想想吧,你们读者们,我也许在冥冥中正在注视着你呢！

河流上的栏杆哟,坚强地支持着那些懒散地凭倚着你而又随着匆匆的流水匆匆前进的人吧!

向前飞呀,海鸟哟! 从侧面飞,或者在高空中绕着大圈儿回旋;

你这流水哟,容纳这夏日的长空吧,把它忠实地留映在你身上,让低垂的眼睛空闲时从你身上觅取天色!

灿烂的光带哟,在阳光照耀的水中,从我的头上或任何人的头上散开吧!

快来吧,从下面港口驶来的船舶哟! 向上或向下驶去吧,白帆的双桅船、划子、驳船哟!

飘扬吧,各国的国旗呀! 在日落时也要及时地降落呀!

铸造厂的烟囱哟,将你的火烧得更高吧! 在日暮时投出黑影吧! 把红光和黄光投在屋顶上吧!

你现在或从今以后的外貌表明了你是什么,

你这不可缺少的皮囊哟,继续包封着灵魂吧,

为我,在我的身体的周围,为你,在你的身体的周围,带着我们最神圣的芬馨,

繁荣吧,城市——带着你们的货物,带着你们的产品,广大而富裕的河流,

扩张吧,你们也许是比一切更为崇高的存在,

保持你的地位吧,你是比一切更为持久的物体。

你们曾经期待,你们总是期待,你们这些无言的美

丽的仆役哟,
最后我们怀着自由的感觉接受你们,并且今后将
　　没有餍足,
你们将不再使我们迷惑,也将不会拒绝我们,
我们用你们,不会把你抛开——我们永远把你们
　　培植在我们的心里,
我们不测度你们,——我们爱你们——在你们身
　　上也有着完美,
你们为着永恒供献出你们的部分,
伟大的或渺小的,为着灵魂供献出了你们的部分。

# 候鸟集

## 开拓者哟！啊,开拓者哟！

来呀,我的太阳晒黑了脸的孩子们,
顺着秩序,预备好你们的武器,
你们带着手枪了么？你们带着利斧了么？
开拓者哟！啊,开拓者哟！

因为我们不能久待在这里,
我们必须前进,亲爱的哟,我们必须首先冒着艰险,
我们是年轻的强壮有力的种族,别的人全靠着我们,
开拓者哟！啊,开拓者哟！

啊,你们青年人,你们西方的青年,
已这样地忍耐不住,有活力,有着男子的骄傲和友爱,
我清楚地看见你们西方青年,我看见你们走在最前面！
开拓者哟！啊,开拓者哟！

年长一代的人们都停止前进了么？
他们都在海那边倦怠了，衰老了，并且抛下了他们的
　　课业么？
让我们来担当起这永久的工作、负担和这课业吧，
　　　　开拓者哟！啊，开拓者哟！

　　　我们抛开了过去的一切，
我们进入到一个更新、更强的不同的世界！
我们活泼有力地捉住这世界，这劳动和前进的世界！
　　　　开拓者哟！啊，开拓者哟！

　　　我们分队出发，
走下岩边，经过狭道，攀登陡山，
我们一边走着陌生的新路，一边征服、占据、冒险、
　　前进，
　　　　开拓者哟！啊，开拓者哟！

　　　我们砍伐原始的森林，
我们填塞河川，深深发掘地里的矿藏，
我们测量了广阔的地面，掀起了荒山的泥土，
　　　　开拓者哟！啊，开拓者哟！

　　　我们是科罗拉多的人，
我们从巍峨的山峰，从大沙漠和高原，

从矿山、从狭谷、从猎场中走来,
　　　开拓者哟！啊,开拓者哟！

　　　我们来自尼布拉斯加,来自阿肯色、
我们是来自密苏里的、中部内地的种族,我们体内交
　流着大陆的血脉,
我们紧握着所有同伴的手,所有南方人和北方人
　的手,
　　　开拓者哟！啊,开拓者哟！

　　　啊,不可抗拒的无休止的种族,
啊,全体无不可爱的种族哟！啊,我的心胸因怀着对
　全体的热爱而痛楚,
啊,我悲叹而又狂喜,我对于一切都热爱得要发狂,
　　　开拓者哟！啊,开拓者哟！

　　　高举起强有力的母亲主妇,
挥动着这美丽的主妇,这星光灿烂的主妇在一切之
　上,(你们都低头致敬吧,)
高举起武勇的战斗的主妇,严肃的、泰然的、武装的
　主妇,
　　　开拓者哟！啊,开拓者哟！

　　　看啊,我的孩子们,果决的孩子们,
我们后面有这么多的人,我们一定不能退让或踌躇,

我们后面有过去的无数万人,慹着额督促着我们,
　　　开拓者哟！啊,开拓者哟！

　　密集的队伍不停地前进,
随时都有增加,死者的空缺又迅速地给填补起来,
经过战斗,经过失败,仍然不停地前进,
　　　开拓者哟！啊,开拓者哟！

　　啊,在前进中死去吧！
我们中有些人就要衰亡就要死去么？这时刻到来
　了么？
那么,我们在前进中死去才最是死得其所,这空缺不
　久就会得到补充,
　　　开拓者哟！啊,开拓者哟！

　　全世界的脉搏,
都一致为我们跳动,和西方的运动一起跳动,
或是单独的或是全体一起,坚决地向前进,一切都是
　为着我们,
　　　开拓者哟！啊,开拓者哟！

　　生命乃是一种复杂而多样的集会,
它包括一切的形状和表现、一切正在工作的工人、
一切在水上和陆上生活的人、一切养着奴隶的主人,
　　　开拓者哟！啊,开拓者哟！

　　　　它包括一切不幸的沉默的爱人、
一切监狱中的囚犯、一切正直的人和恶人、
一切快乐的人和悲哀的人、一切活着的和垂死的人,
　　　　开拓者哟! 啊,开拓者哟!

　　　　我也和我的灵魂,我的身体,
我们三者在一起,在我们的道路上彷徨,
在各种幻象的威压下,经过了这些暗影中的海岸,
　　　　开拓者哟! 啊,开拓者哟!

　　　　看哪,那疾射着的旋转着的星球,
看哪,周围的星星兄弟们,那集结成簇的恒星和
　　行星,
一切光明的白昼,一切充满梦景的神秘的黑夜,
　　　　开拓者哟! 啊,开拓者哟!

　　　　那是属于我们的,他们和我们在一起,
一切都为着最初的必要的工作,后来者还在胚胎状
　　态中等待,
我们率领着今天前进中的队伍,我们开辟着要行走
　　的道路,
　　　　开拓者哟! 啊,开拓者哟!

　　　　啊,你们西方的女儿们,

啊,你们年轻和年长的女儿们,啊,你们母亲们、你们
　　妻子们哟!
你们千万不要分裂,在我们的队伍中你们应当团结
　　一致地前进!
　　　　开拓者哟! 啊,开拓者哟!


　　　　潜藏在草原中的歌者,
(异地的包裹着尸衣的诗人,你们休息了,你们已做
　　完了你们的工作,)
不久我将听着你们歌唱着前来,不久你们也要起来
　　和我们一同前进,
　　　　开拓者哟! 啊,开拓者哟!


　　　　不是为了甜蜜的享乐,
不是为了舒适闲散的生活,不是为了安静的沉思的
　　生活,
不是为了安全可靠的无聊的财富,我们不要平淡无
　　奇的享受,
　　　　开拓者哟! 啊,开拓者哟!


　　　　饕餮的人们在宴饮么?
肥胖的睡眠者睡熟了么? 他们已关上门,锁上门
　　了么?
但让我们仍然吃着粗茶淡饭,将毡毯铺在地上吧,
　　　　开拓者哟! 啊,开拓者哟!

　　　　黑夜来到了么?

近来道路是这样地艰苦难行么? 我们站在路上已无力前进了么?

我让你在路上休息片刻忘却一切吧,

　　　　开拓者哟! 啊,开拓者哟!


　　　　直到喇叭吹奏,

远远地,远远地,天明的信号发出了,——听呀! 我听得这么清楚,

快走到队伍的前面,——快呀! 赶快跑到你的地方去!

　　　　开拓者哟! 啊,开拓者哟!

## 我自己和我所有的一切

我自己和我所有的一切都永远在磨砺,
要能经受严寒和酷热,能把枪瞄准目标,划船出
　　航,精通骑术,生育优秀的儿女,
要口齿清楚而伶俐,要能在大庭广众中感到自由
　　自在,
要能在陆地和海上可怕的环境中都坚持到底。

不是为了当绣花匠,
(绣花匠总是不少的,我也欢迎他们,)
而是为了事物的本质,为了天生的男人和女人。

不是要雕琢装饰品,
而是要用自由的刀法去雕凿众多至高无上的神的
　　头部和四肢,让美国发现它们在行走和谈论。

让我自由行动吧,

让别人去颁布法令吧,我可不重视法令,
让别人去赞美名人并支持和平吧,我可是主张煽动和斗争,
我不赞美名人,我当面指责那个被公认最尊贵的人。

(你是谁?你一生偷偷地犯了些什么罪过?
你想一辈子回避不谈?你要终生劳碌和喋喋不休?
而你又是谁,用死记硬背、年代、书本、语言和回忆在瞎说八道,
可今天还不觉得你连一句话也不知怎样才能说好?)

让别人去完成标本吧,我可从来不完成标本,
我像大自然那样以无穷无尽的法则将它们发动,使之保持新鲜而符合时代精神。

我不提出任何作为责任的事情,
凡是别人作为责任提出的,我作为生活的冲动,
(难道要我把心的活动当作一种责任?)

让别人去处理问题吧,我什么也不处理,我只提出无法解答的问题,
我所见到和接触到的那些人是谁?他们怎样啦?

这些像我自己一样的以亲切的指示和策略紧密地吸引我的人,怎么样呢?

我向世界叫喊,请不要相信我的朋友们的叙述,而要像我这样倾听我的仇敌,
我告诫你们要永远拒绝那些会为我辩解的人,因为我不能为自己辩解,
我告诫不要从我这里去建立什么学说或流派,
我责成你们对一切放手不管,就像我这样放任一切。

在我之后,好一个远景!
啊!我看到生命并不短促,它有不可限量的前程,
我从今以后要纯洁而有节制地活在世上,坚定地成长,每天早起,
因为每个小时都是许多个世纪和以后许多世纪的精液。

我必须把空气、水和土壤的不断的教诲探究到底,
我觉得我一分一秒的时间也不能丧失。

# 海流集

## 泪　滴

泪哟！泪哟！泪哟！

在黑夜中，在孤独中，泪水，

在白色的海岸上滴着，滴着，为沙土所吸收，

泪哟，没有一颗星星照耀着，到处是黑暗和荒凉，

润湿的泪，从遮蒙着的头上的眼眶中流出来了，

啊，那鬼影是谁呢？那在黑暗中流着眼泪的形相是什么呢？

那在沙滩上弯着腰蹲伏着的，不成形的块状的东西是什么呢？

泉涌的泪，呜咽的泪，为粗犷的号哭所哽塞住的痛苦，

啊，暴雨聚集起来，高涨起来，沿着海岸快步疾走，

啊，粗犷而阴惨的黑夜的暴风雨，夹着风，啊，滂沱狂骤！

啊，白天时那么沉着而端庄，面貌安静、步伐整齐的暗影，

当你在黑夜中疾驰,无人看见的时候,——啊,你
　　却变成了一片海洋,无限的蕴蓄着,
泪水!泪水!泪水!

# 海里的世界

海里的世界,

海底的森林,枝柯和树叶,

海莴苣,巨大的苔藓,奇异的花和种子,茂密的海藻,空隙,以及粉红的草皮,

各种不同的颜色,淡灰和葱绿,紫红,洁白,以及金黄,光线在水中的摇曳,

无声的游泳者,在岩石、珊瑚、海绵、海草和激流之间,以及游泳者的食物,

一些懒洋洋的生物悬在那里吃东西,或者慢慢地爬近海底,

抹香鲸在海面喷着空气和水花,或者用他的尾鳍在玩耍,

眼睛呆滞的鲨鱼,海象,海龟,有茸毛的海豹,以及鲔鱼,

那里有恋爱,战争,追逐,部落,深海中的奇观,许多生物在呼吸的那种浓浊的空气,

从那里转移到这里的情景,转移到在这个领域中活动的像我们这些生物所呼吸的稀薄空气,再从我们这里转移到在别的星球上活动的生物那里。

# 路边之歌

## 给一位总统

你所做所说的一切对美国只是些悬空的幻影,
你没有学习大自然——你没有学到大自然的政
　治,没有学到它的博大、正直、公平,
你没有看到只有像它们那样才能服务于这些州,
凡是次于它们的迟早都必须搬出国境。

## 我坐而眺望

我坐而眺望世界的一切忧患,一切的压迫和羞耻,
我听到青年人因自己所做过的事悔恨不安而发出
　　的秘密的抽搐的哽咽,
我看见处于贫贱生活中的母亲为她的孩子们所折
　　磨、绝望、消瘦,奄奄待毙,无人照管,
我看见被丈夫虐待的妻子,我看见青年女子们所
　　遇到的无信义的诱骗者,
我注意到企图隐秘着的嫉妒和单恋的苦痛,我看
　　见大地上的这一切,
我看见战争、疾病、暴政的恶果,我看见殉教者和
　　囚徒,
我看到海上的饥馑,我看见水手们拈阄决定谁应
　　牺牲来维持其余人的生命,
我看到倨傲的人们加之于工人、穷人、黑人等的侮
　　蔑与轻视,

我坐而眺望着这一切——一切无穷无尽的卑劣行
　为和痛苦,
我看着,听着,但我沉默无语。

## 鹰 的 调 戏

沿着河边大道,(我午前的散步,我的休息,)
从摩天的空际突然传来一个沉闷的声音,那是鹰
  在调戏,
在高空中彼此间迅疾的爱的接触,
紧抓着的利爪相互勾连,像个有生命的轮子猛烈
  地旋转,
四只拍击着的翅膀,两个钩喙,一团紧紧扭住的
  涡旋,
翻滚,转动,形成一串连环,笔直向下坠,
直到河流上空才暂时稳住,片刻休停,但两个仍合
  在一起,
在空中保持一种静止无声的平衡,然后脱离,把利
  爪放松,
向上展开缓慢平稳的羽翼,倾侧着,各自分飞,
她飞她的,他飞他的,互相追逐不已。

## 难道你从没遇到过这样的时刻

难道你从没遇到过这样的时刻——
一线突如其来的神圣之光,猛地落下,把所有这些
　泡影、时兴和财富通通击碎,
使这些热切的经营目标——政治,书本,艺术,
　爱情,
都彻底毁灭?

## 桴鼓集

### 敲呀！敲呀！鼓啊！

敲呀！敲呀！鼓啊！——吹呀！号啊！吹呀！
透过窗子，——透过门户，——如同凶猛的暴力，
冲进庄严的教堂，把群众驱散，
冲进学者们正在进行研究工作的学校，
也别让新郎安静，——现在不能让他和他的新娘
　　共享幸福，
让平静的农夫也不能再安静地去耕犁田亩或收获
　　谷粒，
鼓啊！你就该这样凶猛地震响着，——你号啊，发
　　出锐声的尖叫。

敲呀！敲呀！鼓啊！吹呀！号啊！吹呀！
越过城市的道路，压过大街上车轮的响声，
夜晚在屋子里已经铺好了预备睡觉的床铺么？不
　　要让睡眠者能睡在那些床上，
不让生意在白天交易，也别让掮客或投机商人再

进行他们的活动,——他们还要继续么?

谈话的人还要继续谈话么? 歌唱者还要歌唱么?

律师还要在法庭上站起来在法官面前陈述他的案情?

那么更快更有力的敲击着吧,鼓啊,——你号啊,更凶猛地吹着!

敲呀! 敲呀! 鼓啊! 吹呀! 号啊! 吹呀!

不要谈判——不要因别人劝告而终止,

不理那怯懦者,不理那哭泣着的或祈求的人,

不理年老人对年青人的恳求,

让人们听不见孩子的呼声,听不见母亲的哀求,

甚至使担架要摇醒那躺着等候装车的死者,

啊,可怕的鼓,你就这样猛烈地震响吧,——你军号就这样高声地吹。

# 骑兵过河

一支长长的队伍在青葱的岛屿间蜿蜒行进,
他们采取迂回的路线,他们的武器在太阳下闪
　　耀,——你听那铿锵悦耳的声音,
你看那亮晶晶的河流上,楸水的马匹在踟蹰不前,
　　饮着河水,
你看那些脸色黧黑的骑兵,每一群、每个人都是一
　　幅图画,歇在马鞍上随意消停,
有的已经在对岸出现,还有的正在走下河滩,
而那猩红、天蓝和雪白的——
骑兵的军旗在愉快地迎风飘动。

## 父亲,赶快从田地里上来

父亲,赶快从田地里上来,这是我们的彼得寄来的
    一封信,
母亲,赶快到前门来,这是你的亲爱的儿子寄来的
    一封信。

看哪,季节正当秋天,
看哪,那里的树变得更绿,更黄,更红了,
它在和风中摇荡着的树叶,使俄亥俄的村落更显
    得清凉、美妙,
那里果树园中挂着成熟的苹果,藤蔓上葡萄累累,
(你嗅到藤蔓上的葡萄的香味了么?
你嗅到近来有蜜蜂在那里嗡鸣着的荞麦了么?)

在一切上面,看哪,雨后的天空是这样地宁静、明
    澈,点缀着奇妙的云彩,
在下面也一样,一切都很宁静,一切都生气勃勃,

美丽无比,农庄也很兴旺。

田地里的一切也长得很茂盛,
现在父亲从田地里来了,因女儿的叫唤回来了,
母亲也来到了大门口,马上来到了前门。

她以最大的速度赶来,某种不祥的预感已使她步
　履歪斜,
她来不及梳掠她的乱发,整理她的帽子,

赶快撕开信封,
啊,这不是我们的儿子的笔迹,但却又有着他的
　署名,
啊,是一只陌生的手替我们的亲爱的儿子写的,
　啊,被震击的母亲的灵魂!
眼睛发黑,一切在她的眼前浮动,她只看到重要
　的字,
零碎的语句,"胸前受枪弹,""骑兵散兵战,""运
　到医院,"
"眼下人很虚弱,""但不久就会好转。"

啊,虽然俄亥俄人口众多而富庶,有着很多城市和
　乡村,
但现在我只看见这一个人,
面色惨白、头脑迟钝、四肢无力,

斜倚着门柱。

"别这样伤心,亲爱的母亲,"(刚刚长成的女儿哽咽地说,
小妹妹们默不作声地带着惊愕的神色拥挤在周围,)
"看吧,亲爱的母亲,信上说着彼得不久就会好转。"

啊,可怜的孩子,他永不会好转了,(也许用不着好转了,那个勇敢而单纯的灵魂!)
当他们站立在家门口的时候,他已经死了,
这唯一的儿子已经死了。
但母亲却需要好转,
她瘦弱的身体很快穿上了黑衣,
白天不吃饭,晚上睡不安宁,常常惊醒,
夜半醒着,低泣着,她只有一个渴切的愿望——
啊,她愿能静悄悄地从人世引退,静静地跳开生命自行引退,
去追随,去寻觅亲爱的已死的儿子,去和他在一起。

## 给两个老兵的挽歌

  最后一线太阳光
从结束了的安息日轻轻下落,
落在这里铺过的道路上,并在路那边瞧着,
  俯视着一座新垒的双人坟墓。

  瞧,月亮正在上升,
那从东方升起的银盘般的月亮,
美妙地照在屋顶上的鬼怪般的月亮,
  巨大而静悄悄的月亮啊!

  我看到一支悲伤的队列,
我还听到那走过来的高音军号的声响,
它们在所有的大街小巷里泛滥奔流,
  像声声呜咽,眼泪汪汪。

  我听到大鼓隆隆地轰鸣,

小鼓坚定地发出霍霍的叫喊,
而那些痉挛的大鼓每一下重捶,
　　都使我浑身上下为之震颤。

　　因为儿子是和父亲一起抬来的,
(他们倒下在一次迅猛袭击的最前列,)
儿子和父亲两个老兵双双地仆倒啊!
　　如今要一起进入那双人墓穴。

　　军号声来得更近了,
大鼓小鼓也震响得更加起劲,
但白昼已在石板道上完全消失,
　　感人的送葬曲在萦绕我的心魂。

　　而那悲怆的巨大幽灵,
在东方升起,亮闪闪地移动,
(它像一位母亲的宽广明亮的面孔,
　　在天上变得越发尊荣。)

　　盛大的出殡哟,你使我高兴!
庄严的月亮哟,你银色的面容使我安静!
我的这两位士兵,运往坟墓的老兵啊,
　　我也把我的一切都献给你们!

　　月亮给你们清辉,
那些军号军鼓给你们音乐和哀诔

而我的心,啊,我的士兵,我的老兵哟,
　　我的心给你们爱。

## 炮兵的梦幻

我的妻子躺在我旁边睡着,战争结束已经很久,
我的脑袋舒适地搁在枕头上,空寂的午夜渐渐深沉,
从寂静中,从黑暗中,我听到,刚好能听到我的婴儿的呼吸,
就在这房子里,当我从梦中醒来,这个幻象向我逼近;
那时那里的一场交战在不真实的幻想中展开了,
散兵开始行动,他们小心地向前爬行,我听到不规则的砰砰声,
我听到各种武器的声音,步枪子弹急促的嗒嗒的声响,
我看见炮弹爆炸着留下小团的白雾,我听见重型炮弹尖啸着飞行,
流霰弹像穿过树林的呜呜呼啸的风,(如今战斗轰轰地打大了,)

战场上所有的情景都在我面前一一再现,

爆裂声和硝烟,以及枪林弹雨中士兵们的英勇,

主炮手将他的武器对正和瞄准,选择最好的时机发射,

我看见他发射后侧着身子急切地朝前观望,看看有没有击中;

我听到另一处一个进攻的团在呐喊,(那个年轻的上校挥着军刀在带头冲锋,)

我看到被敌人排炮轰开的缺口,(迅速填补,不容迟疑,)

我呼吸着令人窒息的硝烟,那沉沉地低飞着将一切笼罩的乌云,

时而有几秒钟奇怪的沉寂,双方都不发一枪,

随即又恢复了混乱,比以前更响,夹杂着军官们更急的呼喊和命令,

而从战场某个遥远的地方,一声欢呼随风向我飘来,(说明某一特殊的胜利,)

同时始终有远远近近的大炮声,(即使在梦中也从我灵魂深处激起一种暴发的狂喜和全部昔日疯魔般的欢欣,)

步兵也一直在加速地变换地点,炮兵、骑兵在来回运动,

(至于那些仆倒的、死亡的,我不大注意,那些流血的受伤者有的在蹒跚地往回跑,我不大留神,)

尘土,热气,急奔,副官们骑马掠过,或者全速驰骋,

轻武器的嗒嗒声,步枪子弹报警的哧哧声,(这些我在幻景中听到或看到了,)

还有在空中爆炸的炸弹,以及晚上色彩缤纷的火箭,等等。

## 脸色晒黑了的草原少年啊！

脸色晒黑了的草原少年啊！
在你入伍之前，有许多欢迎的礼物，
赞美和奖赏以及营养品曾纷纷送来，直到你最后
　　当上了新兵，前来入伍，
这时你默默地来到，毫无赠与——我们俩只面面
　　相觑，
可是你瞧！你给我的比世界上所有的礼品还
　　丰富。

## 转过身来啊,自由

转过身来啊,自由,因为战争已经结束,
从它转过身来,从此扩展,不再怀疑,坚决地席卷世界,
转过身来,从那些使人回想的记载着历史证据的地区,
从那些歌唱过去的光荣事迹的歌手们,
从封建世界的赞歌,国王的凯旋,奴隶制和等级制度,
转向一个行将享有胜利的世界——抛弃那个落后了的世纪,
把它赠给那些迄今为止的歌者,把悠久的过去交给他们,
但是那些保留下来的要留给新的歌者和你——未来的战争留给你,
(瞧,过去的战争多么及时地使你熟习了,当今的战争也要熟习;)

那么,转过身来,别害怕啊,自由——把你那不朽
　　的脸转过来,
转向未来,那空前伟大的未来,
那正在迅速而可靠地为你作好准备的地带。

# 林肯总统纪念集

## 当紫丁香最近在庭园中开放的时候

### 1

当紫丁香最近在庭园中开放的时候,
那颗硕大的星星在西方的夜空陨落了,
我哀悼着,并将随着一年一度的春光永远地哀悼着。

一年一度的春光哟,真的,你带给我三件东西:
每年开放的紫丁香,那颗在西天陨落了的星星,
和我对于我所敬爱的人的怀念。

### 2

啊,在西天的陨落的强大的星星哟,

啊,夜的阴影,——啊,悲郁的、泪光闪烁的夜哟!

啊,巨大的星星消失了,——啊,遮没了星光的黑暗哟!

啊,紧攫着我使我完全无力挣扎的残酷的手哟,——啊,我的无助的灵魂哟!

啊,包围着我的灵魂使它不能自由的阴霾哟!

## 3

在一间古老的农舍前面的庭园里,靠近粉白的栅栏,

那里有一丛很高的紫丁香,长着心形的碧绿的叶子,

开满了艳丽的花朵,充满了我所喜爱的强烈的芳香,

每一片叶子都是一个奇迹,——我从这庭园里的花丛中,

这有着艳丽的花朵和心形的绿叶的花丛中,

摘下带着花朵的一个小枝。

## 4

在大泽中僻静的深处,

一只隐藏着的羞怯的小鸟唱着一支歌。

这只孤独的鸫鸟,

它像隐士般藏起来,避开人的住处,

独自唱着一支歌。

唱着咽喉啼血的歌,

唱着免除死亡的生命之歌,(因为,亲爱的兄弟,
   我很知道,

假使你不能歌唱,你一定就会死亡。)

## 5

在春天的怀抱中,在大地上,在城市中,

在山径上,在古老的树林中,那里紫罗兰花不久前
   从地里长出来,点缀在灰白的碎石之间,

经过山径两旁田野之中的绿草,经过无边的绿草,

经过铺着黄金色的麦穗的田野,麦粒正从那阴暗
   的田野里的苞衣中露头,

经过开着红白花的苹果树的果园,

一具尸体被搬运着,日夜行走在道上,

运到它可以永远安息的墓地。

## 6

棺木经过大街小巷,

经过白天和黑夜,走过黑云笼罩的大地,

卷起的旌旗排成行列,城市全蒙上了黑纱,

各州都如同蒙着黑纱的女人,

长长的蜿蜒的行列,举着无数的火炬,

千万人的头和脸如同沉默的大海,

这里是停柩所,是已运到的棺木,和无数阴沉的
    脸面,

整夜唱着挽歌,无数的人发出了雄壮而庄严的
    声音,

所有的挽歌的悲悼声都倾泻到棺木的周围,

灯光暗淡的教堂,悲颤的琴声——你就在这一切
    中间移动着,

丧钟在悠扬地、悠扬地鸣响,

这里,你缓缓地走过的棺木啊,

我献给你我的紫丁香花枝。

## 7

(并不是献给你,仅仅献给你一个人,

我将花枝献给一切的棺木,

因为你,如同晨光一样的清新,啊,你神志清明而
    神圣的死哟! 我要为你唱一首赞歌。

满处是玫瑰花的花束,

啊,死哟! 我给你盖上玫瑰花和早开的百合花,

但是最多的是现在这最先开放的紫丁香,

我摘下了很多,我从花丛中摘下了很多小枝,

我满满的双手捧着,撒向你,

撒向一切的棺木和你,啊,死亡哟!)

## 8

啊,徘徊在西方天空上的星,

现在我明白一个月前你是什么意思了,当我走过的时候,

当我沉默地在薄明的黑夜之中走过,

当我看见你每夜低垂下来好像要告诉我些什么,

当你好像从天上降落,降落到我的身边,(别的星星只是观望着,)

当我们共同在庄严的夜间徘徊,(因为好像有一种我所不知道的东西搅扰得我不能安睡,)

当夜深了,我看见在西方天边远处,你是如何地充满了悲哀,

当我在高地上,站在薄明的凉夜的微风之中,

当我看着你渐渐逝去,并消失在夜的黑暗之中的时候,

我的灵魂也在苦痛失意中向下沉没了,跟你悲伤的星星一样,

完结,在黑夜中陨落,并永远消失了。

## 9

你在大泽之中,唱下去吧,
啊,羞怯的,温柔的歌者哟!我听到了你的歌声,
 我听到了你的叫唤,
我听见了,我就要来了,我懂得你,
但我还要延迟一刻,因为那颗晶莹的星留住了我,
那颗晶莹的星,我的就要分别的朋友,抓住我、留
 住了我。

## 10

啊,我将如何为我所敬爱的死者颤声歌唱?
我将如何为那已经逝去了的巨大而美丽的灵魂来
 美化我的颂歌?
我将以什么样的馨香献给我敬爱的人的坟茔?

海风从东方吹来,也从西方吹来,
从东方的海上吹来,也从西方的海上吹来,直到在
 这里的草原上相遇,
我将以这些和我的赞歌的气息,
来薰香我敬爱的人的墓地。

## 11

啊,我将拿什么悬挂在灵堂的墙壁上呢?
我将用什么样的图画装点这里的墙壁,
来装饰我所敬爱的人的永息的幽宅呢?

那将是新生的春天和农田和房舍的图画,
图画里有四月间日落时候的黄昏,有清澄而明亮
　的烟霞,
有壮丽的、燃烧在空中、燃烧在天上的摇曳下沉的
　落日的万道金光,
有着没胫的清新的芳草,有着繁生的嘉树的凄凉
　的绿叶,
远处河面上流水晶莹,这里那里布满了风向旗,
两岸上有绵亘的小山,天空纵横交错着无数的
　阴影,
近处有房舍密集的城市,有无数的烟囱,
还有一切生活景象,工厂,和放工回家的工人。

## 12

看哪,身体和灵魂——看看这地方,
这是我的曼哈顿,这里有教堂的尖顶,有汹涌的、
　闪光的海潮和船舶,

这广阔而多样的陆地,南北都受到光照,有俄亥俄
　　的海岸和密苏里的水乡,
并且永远在广大的草原上满铺了青草和稻粱。

看哪,最美的太阳是这么宁静、这么岸然,
蓝色和紫色的清晓吹拂着微微的和风,
无限的光辉是那么温柔清新,
正午的太阳神奇地沐浴着一切,
随后来到的美丽的黄昏,和受欢迎的夜和星光,
全都照临在我的城市之上,包裹了人民和大地。

## 13

唱下去吧,唱下去吧,你灰褐色的小鸟哟!
从大泽中,从僻静的深处,从丛树中倾泻出你的
　　歌声,
让它透过无限的薄暮,透过无限的松杉和柏林。

唱下去吧,最亲爱的兄弟哟!如箫管之声一样地
　　歌唱吧,
以极端悲痛的声音,高唱出人间之歌。

啊,流畅自如而温柔!
啊,你使我的灵魂奔放不羁了,——啊,你奇异的
　　歌者哟!

我原只听从你,——但不久就要离去的那颗星却
　　把我留住了,
发散着芬芳的紫丁香花也把我留住了。

## 14

现在,我在白天的时候,坐着向前眺望,
在农民们正在春天的田野里从事耕作的黄昏中,
在有着大湖和大森林的不自知的美景的地面上,
在天空的空灵的美景之中,(在狂风暴雨之后,)
在午后的时光匆匆滑过的苍穹之下,在妇女和孩
　　子们的声音中,
汹涌的海潮声中,我看见船舶如何驶过去,
丰裕的夏天渐渐来到,农田中人们忙碌着,
无数的分散开的人家,各自忙着生活,忙着每天的
　　饮食和琐屑的日常家务,
大街如何像急跳的脉搏,而城市如何在窒闷中喘
　　息,看哪,就在此时此地,
降落在所有一切之上,也在一切之中,将我和其余
　　一切都包裹住,
出现了一片云,出现了一道长长的黑色的烟缕,
我认识了死,死的思想和神圣的死的知识。

这时,好像这死的知识在我的一边走着,
而死的思想也紧随着我,在我的另一边,

我夹在他们之中如同在同伴中一样,并紧握着同
　　伴们的手,
我忙着逃向那隐蔽着、容受着一切的、无言的
　　黑夜,
到了水边,到了浓密大泽附近的小道,
到达了静寂的黝黑的松杉和阴森的松林。

那对于一切都感到羞涩的歌者却欢迎我,
我认识的这只灰褐色的小鸟,它欢迎我们三个人,
它唱着死之赞歌和对于我所敬爱的人的哀辞。

从幽邃而隐蔽的深处,
从这么沉静的芳香的松杉和阴森的松林,
传来了这只小鸟的歌声。

歌声的和美使我销魂,
就好像在黑夜中我握着我同伴的手一样,
我的心的声音应和着这只小鸟的歌声。

来吧,可爱的,予人以慰藉的死哟,
像波浪般环绕着世界,宁静地到来,到来,
在白天的时候,在黑夜的时候,
或迟或早地走向一切人,走向每个人的、微妙的
　　死哟!

赞美这无边的宇宙,
为了生命和快乐,为了一切新奇的知识和事物,
为了爱,最甜美的爱——更赞美,赞美,加倍地
　　赞美,
那凉气袭人的死的缠绕不放的两臂。

总是悄悄地走近身边的晦暗的母亲,
没有人来为你唱一支全心欢迎你的赞歌么?
那么我来给你唱吧,我赞美你超于一切之上,
我献给你一支歌,使你在必须来的时候,可以毫不
　　踌躇地到来。

来吧,你强大的解放者哟,
当你把死者带去时,我欢欣地为他们歌唱,
他们消失在你的可爱的浮动的海洋里,
沐浴在你的祝福的水流里,啊,死哟。

我为你,唱着快活的小夜曲,
用舞蹈向你致敬,为你张灯结彩,广开欢宴,
高空和旷野的风景正宜人,
还有生命和田野,和巨大而深思的黑夜。

黑夜无声地聚在繁星下面,
海岸上有我熟悉的海浪的沙沙低语一般的声音,
这时灵魂正转向你那里,啊,你硕大而隐蔽着的

死哟,
身体也怀着感激的心情紧紧地向你依偎。

我从树梢上吹送一支歌给你,
它飘过起伏的海浪,飘过无数的田地和广阔的
　草原,
飘过人烟稠密的城市和熙熙攘攘的码头街道,
我带着欢乐,带着欢乐吹送这支赞歌给你,啊,
　死哟!

## 15

合着我的心灵的节拍,
这灰褐色的小鸟,大声地歌唱着,
清越而悠然的歌声,弥漫了、充满了黑夜。

在浓密的松杉和松林中大声地唱着,
在芳香的大泽和清新的雾气中清晰地唱着,
而我和我的同伴,在夜间,却停留在那里。
本来在我眼里束缚着的视线现在解开了,
立刻看到了长卷的图画。

我看见了无数的军队,
我好像在静寂无声的梦里,看见千百面战旗,
在炮火的烟雾中举着,为流弹所洞穿,

在烟雾中转战东西,被撕碎了,并且染上了血迹,
最后旗杆上只剩下几块破布,(一切都沉寂了,)
这些旗杆也已碎断而劈裂。

我也看见了无数战士的尸体,
我看见了青年的白骨,
我看见所有阵亡战士的残肢断体,
但我看见他们不是想象的那样,
他们完全安息了,他们没有痛苦,
只是生者留下来感到痛苦,母亲感到痛苦,
他们的妻子和沉思着的同伴感到痛苦,
还有那剩下的军队感到痛苦。

## 16

经过了这些景象,经过了黑夜,
经过握过又松开了我手的同伴的手,
也经过了隐藏着的小鸟的歌声,那和我的灵魂合拍的歌声,
胜利的歌声,死之消逝的歌声,永远变化而多样的歌声,
低抑而悲哀,清晰而分明,起伏着、弥漫了整个黑夜,
悲哀、低沉、隐隐约约、更令人心惊,但最后又突变为一种欢乐的音调,

普盖大地,填满天空,
当我在夜间从静僻深处听见那强力的圣歌的
　　时候,
我走过去,留下你这带着心形的绿叶的紫丁香,
我留下你在庭园中,让你随着每度春光归来,
　　开放。

我要停止我对你的歌唱了,
我将不再面向西方、对你眺望、和你交谈,
啊,在黑夜中你银白色的脸面上发光的伴侣哟!

我要把这一切都保留下,不让它随着黑夜消逝,
这歌声,这灰褐色的小鸟的神奇的歌声,
这合拍的歌声,我的心的深处的回应,
还有这满怀着悲愁的、发光的、沉落的星星,
听见小鸟的召唤而紧握着我手的我的同伴,
是的,我的同伴,我夹在他们中间,我要永留着对
　　他们的记忆,为了我敬爱的死者,
为了那个在我的一生中和我的国土中的最美好、
　　最智慧的灵魂,正是为了他的缘故,
在那里,在芳香的松杉和朦胧阴暗的松林深处,
紫丁香、星星和小鸟同我的深心的赞歌都融混在
　　一起了。

## 啊,船长,我的船长哟!

啊,船长,我的船长哟!我们可怕的航程已经
　　终了,
我们的船渡过了每一个难关,我们追求的锦标已
　　经得到,
港口就在前面,我已经听见钟声,听见了人们的
　　欢呼,
千万只眼睛在望着我们的船,它坚定、威严而且
　　勇敢;
　　　只是,啊,心哟!心哟!心哟!
　　　　啊,鲜红的血滴,
　　　　　　就在那甲板上,我的船长躺下了,
　　　　　　　　他已浑身冰凉,停止了呼吸。

啊,船长,我的船长哟!起来听听这钟声,
起来吧,——旌旗正为你招展,——号角为你
　　长鸣,

为你,人们准备了无数的花束和花环,——为你,
　　人群挤满了海岸,
为你,这晃动着的群众在欢呼,转动着他们殷切的
　　面孔;
　　　这里,船长,亲爱的父亲哟!
　　　让你的头枕着我的手臂吧!
　　　　在甲板上,这真是一场梦——
　　　　　你已经浑身冰凉,停止了呼吸。

我的船长不回答我的话,他的嘴唇惨白而僵硬,
我的父亲,感觉不到我的手臂,他已没有脉搏,也
　　没有了生命,
我们的船已经安全地下锚了,它的航程已经终了,
从可怕的旅程归来,这胜利的船,目的已经达到;
　　啊,欢呼吧,海岸,鸣响吧,钟声!
　　　只是我以悲痛的步履,
　　　　漫步在甲板上,那里,我的船长躺着,
　　　　　他已浑身冰凉,停止了呼吸。

# 秋之溪水

## 牢狱中的歌手

### 1

啊,这景象可怜,可耻,更可叹!
啊,多可怕的思想——一个已定罪的囚犯!

沿着监狱的长廊,响着这样的复唱,
它上达屋顶,上达天穹,
这悲调如洪流倾注,其音调是自来未有地强烈而
  凄凉,
它达到了远处的岗哨和武装的卫兵,使他们停止
  了脚步,
更使一切听者因惊愕而停止了呼吸。

## 2

那是冬天,太阳已在西方低沉,
在本国的强盗和罪犯中间的一条狭窄的过道上,
(那里有千百个人坐着,颜色憔悴的杀人犯、邪恶的伪造证件者,
都集合在监狱的礼拜教堂里,
周围是众多时刻不放松地监视着他们的全副武装的看守们,)
一个妇人安详地走着,两手各抱着一个幼小的纯洁的孩子,
她把这两个孩子放在讲台上她身旁的凳子上坐下,
开始用乐器奏了一个低沉而悠扬的前奏,
接着便用压倒一切的声音,唱出一首古雅的赞歌。

一个被禁闭着带着枷锁的囚人,
扭着自己的双手,呼叫着,救命呀!啊,救命!
她的眼睛看不清,她的胸前滴着血,
她得不到赦免,她得不着安息的慰藉。

她不断地走来走去,
啊,痛心的岁月!啊,悲苦的晨夕!
没有友朋的手,没有亲爱的颜面,

没有恩情照顾,没有慈悲的语言。

那犯罪的不是我,
我是受了无情的肉体的拖累,
虽然我长久勇敢地挣扎,
但我终究胜不过它。

亲爱的囚人,请忍耐一会,
迟早一定得到神的恩惠;
神圣的赦免——死一定会来临,
把你释放,带你回到你自己的家园。

那时你不再是囚犯,不再感到羞耻,也再不悲伤,
离开了人世——你得到了神的解放!

# 3

歌者停止了歌唱,
她的明澈安详的两眼的一瞥,扫过了所有那些仰
　　望着的面孔,
扫过由囚犯的颜面,千差万别的、狡狯的、犷悍的、
　　伤痕累累的、美丽的颜面所组成的新奇的海,
然后她站起来,沿着他们中间的狭窄的过道走
　　回去,
在沉默的空气中,她的衣衫窸窣地响着,触到

他们,
她抱着她的孩子在黑暗中消失了。
这时囚犯和武装的看守都寂然无声,
(囚犯忘记了自己在监狱里,看守忘记了他们的
　子弹上膛的手枪,)
一种沉默而寂静的神奇的瞬间来到了,
随着深沉的哽咽和被感动的恶人的低头与叹息,
随着青年人的急促的呼吸,对家庭的回忆被唤起;
母亲的催眠的歌声、姊妹的看顾、快乐的儿时——
长久密闭着的精神重新苏醒了;
那真是神奇的一瞬间,——以后在凄凉的夜里,对
　于那里的许多许多人,
多年以后,甚至在临死的时刻,这悲沉的调子、这
　声音、这言辞,
还会再现,重见到那高大安详的妇人行走过狭窄
　的过道,
重听到那悲哀的旋律,那歌手在狱中唱出的歌声,

啊,这景象可怜、可耻、更可叹!
啊,多可怕的思想——一个已定罪的囚犯!

## 为丁香花季节而歌唱

现在为我歌唱丁香花季节的喜悦吧,(它正在怀
 念中归来,)
为了大自然的缘故,舌头和嘴唇哟,请给我选择初
 夏的礼物,
为我收集那些可爱的音符,(如儿童收集卵石或
 成串的贝壳,)
将它们放进四月五月,将池塘里呱呱叫的雨蛙,轻
 快的微风,
蜜蜂,蝴蝶,歌声单调的麻雀,
蓝知更鸟和疾飞的紫燕,也别忘了那扇着金色翅
 膀的啄木鸟,
那宁静灿烂的霞彩,缭绕的烟霭和水雾,
养育鱼类的湖海的波光,头上蔚蓝的天色,
那容光焕发的一切,奔流的小河,
那枫槭林,那清新的二月天和酿糖的日子①,

---

① 北美洲有一种糖槭,其树干上流出的液汁可以制糖。

那跳跃着的、眼睛发亮的褐胸知更鸟,

它在日出时清脆悦耳地鸣啭,日落时又歌唱,

或在苹果园的树木中飞动,给他的爱侣筑巢,

三月里融化的雪,杨柳刚抽出的嫩绿的柔条,

因为春季到了!夏天来了!它孕育着什么,产生什么呢?

你,解放了的灵魂哟,——我不明白还在急切地追求什么;

来吧,让我们不再在这里逗留,让我们站起身来往前走!

啊,但愿一个人能够像鸟一样飞翔!

啊,能够逃走,像乘着快艇出航!

同你,灵魂哟!越过一切,进入一切,像一只船滑过海洋;

收集这些提示和预兆,这蓝天,青草,早晨的露水,

这丁香花的芬芳,这披着暗绿色心形叶片的灌木林,

这木本紫罗兰,这名叫"天真"的娇小的淡淡花卉,

这种种的标本,它们不只是为自己,而且为它们的周围,

为了装饰我心爱的丛林——为了与百鸟一起吟哦,

唱一支深情的歌,为这在回忆中归来的丁香花季节的欢乐。

# 奇　迹

怎么，有人重视奇迹吗？
至于我，我却除了奇迹之外什么也不知道，
无论我是在曼哈顿大街上走动，
或者将我的视线越过那屋顶投向天空，
或者赤脚在海滩的边缘蹚水，
或者在林中的树下逡巡，
或者白天同一个我所爱的人闲谈，或者晚上同一
　　个我所爱的人共枕而眠，
或者与其余的人同桌用饭，
或者在车上瞧着坐在对面的陌生人，
或者夏日午前观看蜂房周围忙碌的蜜蜂，
或者看牲畜在田野吃草，
或者是鸟类或奇妙的虫子在空中飞绕，
或者是蔚为奇观的日落，或照耀在静夜晴天的
　　星星，
或者是春天的新月那优美精致而纤巧的弧形；

这些及其他,所有一切,对我都是奇迹,
都与全部关联,可每一个又清楚地各在其位。

白天黑夜的每个小时对我都是一个奇迹,
每一立方英寸的空间都是一个奇迹,
每一平方码地面都散布着与此同样的东西,
每一英尺之内都聚集着同样的东西,

大海对于我是个连续不绝的奇迹,
游泳的鱼类——岩石——波涛的运动——载着人
　的船,
还有什么更奇的奇迹呢?

# 驯 牛 者

在一个遥远的北方县里,在平静的牧区,
住着我的农民朋友,一位著名的驯牛者,我歌唱的
 主题,
人们把三岁到四岁左右的公牛交给他治理,
他会接受世界上最野性的牡犊来训练和驯养,
他会不带鞭子无畏地走进那小公牛激动地跑来跑
 去的围场,
那公牛瞪着怒眼,暴躁地扬起头高高地摔着,
可是你瞧!它的怒火很快平息了——这个驯养者
 很快就把它驯服了;
你瞧!附近那些农场上大大小小一百来头的牡
 牛,他是驯服它们的能手,
它们都认识他,都对他亲热;
你瞧!有些是那么漂亮,那么威严的模样,
有些是浅黄色,有些杂色,有些带斑纹,有一头脊
 背上有白条,

有些长着宽阔的犄角(多么壮观)——你瞧啊!
　　那闪亮的皮毛,
瞧,那两只额上有星星的——瞧,那滚圆的身子,
　　还有宽阔的背脊,
它们站立得堂堂正正——多么漂亮而机敏的眼
　　睛哟!
它们那样地望着自己的驯养者——盼望他靠近它
　　们——它们那样回过头来看着他离去!
多么热切的表情啊!多么依依不舍的别意;
这时我惊奇,在它们看来他究竟是什么,(书本、
　　政治、诗歌,没有了意义——其他一切都没有意
　　义了,)
我承认,我只嫉妒这位沉默而不识字的朋友的
　　魅力,
他在他生活的农场上为百十头牡牛所热爱,
在平静的牧区,在北方遥远的县里。

## 清早漫步着

清早漫步着,
走出黑夜和朦胧的思索,而你在我的思索里,
向往着你,和睦的联邦哟!你神圣的歌唱着的鸟!
你,我的蜷伏在灾难时世中的国家,负荷着诡计、
　　忧伤和一切卑劣与叛逆的你,
我看到了这个普通的奇迹———一只画眉,我望着
　　它喂它的雏婴,
这只歌唱的画眉鸟,它那愉快的曲调和入迷的
　　信心,
可靠地支持和鼓舞着我的灵魂。

那时我沉思,我感觉,
如果可厌的毒虫和蛇蝎可以变为甜美神圣的
　　歌曲,
如果歹徒能转变得这样驯良而可贵,
那么我的国家哟,我可以信任你,你的命运和

岁月；
谁说这些就不会成为适合于你的教训呢？
你的未来的歌可能从这些之中欢乐而振奋地
　升起，
最终飞遍整个的世界。

# 向印度航行

## 1

歌唱着我的时代,
歌唱着今天的伟大成就,
歌唱着工程师的坚固而轻巧的产品,
我们的现代奇迹,(古代笨重的七大奇迹已被胜过,)
在旧世界东方有苏伊士运河,
新大陆已被它宏伟的铁道所盘踞,
海洋内部已由雄辩而文雅的电缆架设了通衢,
可是首先发言的,永远发言的,与你一起叫喊的,
　　灵魂哟,
是过去!是过去!是过去!

过去——黑暗而深不可测的回顾哟!

那丰饶的深渊——那些酣睡者和黑影!

过去——已往的无限庞大哟!

因为,要不是过去的产物,又哪来的现今?

(像一个被形成和推进并经过某一界线仍继续下去的抛射物,

现今也全然为过去所形成,所推进。)

## 2

灵魂啊,向印度航行!

为亚细亚的神话,那些原始的寓言,提出印证。

不只是你,世界上骄傲的真理,

不只是你,现代科学的事实,

还有古代的神话和寓言,亚洲、非洲的寓言,

照得很远的精神光辉,不羁的梦幻,

潜得很深的传说和经典,

诗人们的大胆的设想,年长的宗教,

啊,你们这些比朝阳沐浴下的百合花更美丽的寺院!

啊,你们这些摒弃着已知事物和逃避着已知事物的控制而升上天去的寓言!

你们,带有尖顶、红如玫瑰的金光闪烁的巍巍高塔,

由凡人梦想塑造而成的不朽的寓言的高塔,

我也完全如欢迎其他一切那样地欢迎你们!
我也欢乐地歌唱你们。

向印度航行呀!
怎么,灵魂,你没有从一开始就看出上帝的目的?
地球要由一个纵横交错的细网联结起来,
各个种族和邻居要彼此通婚并在婚媾中繁殖,
大洋要横渡,使远的变成近的,
不同的国土要焊接在一起。

我歌唱一种新式的崇拜,
你们船长们,航海家们,探索者们,你们所有的
　一切,
你们工程师们,你们建筑师们,机械师们,你们所
　有的一切,
你们,不仅是为了贸易或航运,
而且以上帝的名义,是为了你啊,灵魂。

# 3

向印度航行啊!
瞧,灵魂,你面前有两个场景,
在一个中我看见已经开凿的苏伊士运河,
我看见一列船只,由"女王尤金尼"号率领,
我从甲板上观看到陌生的景致,纯净的天空,远处

的平沙,

我迅速地经过那如画的人群,那些聚在一起的工人,

那些巨人般的疏浚机的姿影。

在另一个不同的场面(可是属于你,同样都属于你哟,灵魂,)

我看见,跨越我自己的大陆、征服每一个障碍的太平洋铁路,

我看见接连不断的一列列车辆运载货物和旅客沿着普拉特河蜿蜒前进,

我听见火车头咆哮着飞奔,汽笛在尖叫,

我听见回声震颤着穿越世界上最壮丽的风景,

我横过拉腊米平原,我注意到种种奇形怪状的岩石,小小的山冈,

我看见茂盛的飞燕草和野生的洋葱头,以及荒瘠而苍白的长着鼠尾草的沙漠,

我瞥见远处或突然高耸在我面前的大山,我看见温德河和瓦萨山脉,

我看见石碑山和"鹰巢",我经过"海角",我登上内华达,

我瞭望威严的埃尔克山,并绕行于它的山脚,

我看见亨博尔特山脉,我穿过山谷,横渡河流,

我看见塔霍湖清澈的水面,我看见庄严的松树森林,

或者横渡大沙漠和含碱的平原,我看见海浪和草
　　地的迷人的蜃景,
注意到穿越这一切之后,以两条很细的铁轨,
经过陆地上三四千英里的奔跑,
将东海和西海连接在一起,
那欧罗巴与亚细亚之间的大道。

(哎,你热那亚人①的梦,你的梦哟!
在你躺入坟墓几百年之后,
你所发现的海岸才给证实了。)

## 4

向印度航行呀!
许多个船长的斗争,许多个丧命的水手的故事,
它们悄悄地来到,在我心境的上空展开,
像高不可及的天上的浮云和霞彩。

沿着全部历史,顺坡而下,
像一条奔流的小溪时而下沉时而又上升,
一串连绵的思绪,一支多样的队列——瞧,灵魂,
　　它们向你,在你的眼前升起,
又是那些计划,那些航行和远征;

---

① 发现新大陆的哥伦布是热那亚人。

又是瓦斯哥·达·伽马出航,
又是那些获得的知识,航海家的指南针,
新发现的陆地和诞生的国家,你新生的美国,
为了宏伟的目的,人类长久的见习期已经完满,
你,世界的环绕已大功告成。

## 5

庞大的圆环哟,在空间游泳,
到处覆盖着看得见的力和美,
日光和白天与那丰富的精神世界的黑暗相交替,
上面是太阳、月亮和无数星星的难以形容的高空
　队列,
下面是多种多样的青草、动物、山陵、树木、湖水,
出于不可理解的目的,某种隐蔽的预言家的意向,
如今头一次我的思想好像在开始把你估量。

从亚细亚的花园里光芒四射地下来,
亚当和夏娃出现了,后面跟着他们的无数的子孙,
漫游着,热望着,满怀好奇地,带着永不安宁的
　探索,
带着沮丧的、无定形的、狂热的询问,带着永不愉
　快的心情,
带着那悲伤而持续不断的反复吟咏,不满的灵魂
　啊,你为了什么?嘲弄的生命啊,你何所追求?

啊,谁能使这些狂热的孩子平静呢?
谁来证明这些永不安宁的探索是正当的呢?
谁来说出这茫茫大地的奥秘呢?
谁来把它与我们结合?这个如此奇怪而孤单的大自然是什么?
这个地球对于我们的感情有什么意义?(一无所爱的、对于我们的心情无动于衷的地球,
冷酷的地球,坟墓聚集的处所。)
可是灵魂,请务必让最先的意图保留,并且一定要实现,
也许此刻时机已到了眼前。

在所有的海洋都横渡了之后,(它们好像已被渡过了,)
在那些伟大的船长和工程师完成了他们的工程之后,
在那些杰出的发明家、科学家、化学家、地质学家、人种学家之后,
最后一定会出现无愧于自己称号的诗人,
上帝的忠诚儿子一定会唱着自己的歌向我们走近。

那时就不仅你们,航海家、科学家、发明家哟,你们的行为被证明完全公正,

所有这些诸如焦渴的孩子们的心也将获得慰藉,
全部的慈爱将受到充分报答,秘密将被说明,
所有这些分离和间隙将受到处理,扣拢和连接
  起来,
整个地球,这个冷酷、无情、无声的地球,将被承认
  和证实,
神圣的三位一体将被上帝的忠实儿子——诗人光
  荣地完成和结合得十分严密,
(他会真的越过海峡和征服高山,
他会绕过好望角去达到某个目的,)
大自然和人类将不再被离析和分散,
上帝的忠实儿子将把它们绝对地熔合在一起。

# 6

一年哟,我在它敞开的门前歌唱的一年!
一年哟,希望完成了的一年!
一年哟,各个大陆、地带和海洋结婚的一年!
(如今不只威尼斯共和国的总督在迎娶亚德利亚
  的公主,)
我看见了,一年哟,你身上那水陆共有的地球在获
  得和给予一切,
欧罗巴同亚细亚和阿非利加连接了,而它们都连
  接着新大陆,
那些国土、地势都在你面前跳舞,拿着一个节日的

花环,

像新娘和新郎互挽着胳臂那样美满。

向印度航行呀!

凉凉的风从高加索远远吹来,使人类的摇篮为之平静,

幼发拉底河向前奔涌,历史又大放光明。

瞧,灵魂,回想在继续涌出,

地球上那些古老的、人口最稠密、最富庶的国土,

印度河和恒河以及它们众多的支流,

(我今天行走在我的美国海岸上,看见并重温着一切的事物,)

亚历山大在他好战的长征中突然死亡的故事,

一边是中国,另一边是阿拉伯和波斯,

向南是大海和孟加拉湾,

那滔滔不绝的各种文学,宏伟的史诗,宗教,社会等级,

可以追溯到很远的古老神秘的婆罗门,温柔年少的佛陀,

中央和南部的帝国,以及它们所有的附属品,占有者,

帖木儿的征战,奥伦—蔡比[①]的统治,

---

[①] 印度在伊斯兰教统治时期一个从父亲篡夺王位的君主;英国作家德莱顿的同名悲剧(1676)即以此为题材。

商人,支配者,探险者,穆斯林,威尼斯人,拜占庭,
　阿拉伯人,葡萄牙人,
至今还著名的第一批旅行者,马可·波罗,摩尔人
　巴托塔,
有待解答的疑问,隐匿的地图,有待填补的空隙,
人类不停的脚步,永不休息的双手,
还有,灵魂哟,不能容忍任何挑衅的你自己!

那些中世纪的航海探险者在我眼前升起,
一四九二年的世界,连同它被唤醒的事业心,
人性中膨胀起来的像春天土地的活力那样的
　东西,
衰微的骑士制度的黄昏美景。

而你,暗淡的阴影,你是谁呢?
巨人般的,梦幻般的,你本身就是个爱幻想的人,
有强大的四肢和虔诚发光的眼睛,
你的每一瞥视都给周围散布一个黄金世界,
给它染上瑰丽的霞晕。

当那位主要演员登上舞台,
在某个伟大的场景,
我看到支配着别人的船队司令本人,
(勇敢、行动、信心的历史典型,)
看见他领着他的小小船队从帕洛斯启航,

看见他的航程,他的归来,他的崇高的名声,
他的不幸,受诽谤,成为囚犯,拖着镣铐,
看见他的失意,贫穷,丧生。

(我恰巧好奇地站在那里,观望着英雄们的努力奋斗,
还要拖延很久吗?那种诋毁、贫穷和死亡很痛苦吗?
种子会埋在地里几个世纪无人过问吗?
瞧,它准时地响应上帝,在晚上起来,抽芽、开花,
将价值和美散遍天下。)

## 7

灵魂哟,是真正在向原始的思想航行,
不单是陆地和海洋,还向你自己的清新之境,
你那幼苗和花朵的早期成熟,
向经典发芽的国土。

灵魂哟,不受约束,我同你和你同我,
开始你的世界周游,
对于人类,这是他的精神复归,
回到理性早期的天国,
返回去,返回到天真的直觉,到智慧的诞生地,
再次同美好的宇宙在一起。

# 8

啊,我们已再也不能等待,
我们也启航呀,灵魂,
我们也欢乐地驶入茫茫大海,
驾着狂喜的波涛无畏地驶向陌生之地,
在飘荡的风中(灵魂哟,你紧抱着我,我紧抱着你,)
自由地吟咏着,唱着我们赞美上帝的歌,
唱着我们愉快的探险的歌。

以欢笑和频繁的亲吻,
(让别人去祈求赦免,让别人为罪愆、悔恨、羞辱而哭泣,)
灵魂哟,你叫我高兴,我叫你欢喜。

哎,灵魂,我们比任何神父都更加相信上帝,
但是对于上帝的神秘我们可不敢儿戏。

灵魂哟,你使我高兴,我叫你欢喜,
无论是航行于这些大海或者在高山上,或者晚上醒着不睡,
思索,关于时间、空间和死亡的默默的思索,有如流水,

真的载着我像穿过无边的领域,
我呼吸它们的空气,听着它们荡漾的水波,让它们
　　浑身洗浴我,
在你的心里洗浴啊,上帝,我向你升起,
我和我的灵魂一层层进入你的领地。

超凡的你啊,
不知名的,素质和呼吸,
光的光,流溢着宇宙万象,作为它们的中心,
你,真的、善的、仁爱者的更强大的中心,
你,道德的、精神的源泉——爱的溪涧——你蓄水
　　的深潭,
(我的沉思的灵魂啊——没有满足的渴望啊——
　　不是在那里等待吗?
那完美的伙伴不也在那儿什么地方等待着我
　　们吗?)
你——星星,太阳,太阳系的脉搏;你——它们的
　　动力,
它们旋绕着,有秩序地、安全而融洽地运动,
斜穿过浩渺无形的空际,
我该怎么想,怎么呼吸(即使仅仅一次),怎么说
　　呢,如果仅凭我自己,
我不能向那些更为高超的宇宙航去?

我一想起上帝就自觉渺小,无可奈何,

一想起自然和它的奇迹,时间、空间和死亡,
我就只好转而呼吁你,灵魂哟,你这实际的我,
而且你瞧,你轻轻地支配着这个星球,
你与时间匹配,对死亡满意地微笑,
并且满满地充塞着、增长着空间这无垠的寥廓。

啊,灵魂,你大过星星和太阳,
跳跃着出外旅行;
还有什么爱能比你的和我的扩充得更广?
还有什么抱负、愿望能胜过你的和我的,灵魂?
还有什么贞操、完美和力量的设计?什么理想的梦?
什么愿为别人而献出一切的精神?
为了别人便不惜一切的牺牲?

朝前想想吧,灵魂哟,当时机成熟,
所有的海洋都渡过了,海岬都经历了,航程完毕了,
你被包围,对付和抗衡上帝,终于服从,这时目的达到了,
那样满怀友谊和仁爱的长兄找到了,
在他的怀抱中,弟弟完全为爱抚所融化了。

9

航行到比印度更远的地方去呀!
你的翅膀真的丰满得能飞行这么远吗?
灵魂啊,你真的要做这样的航行?
你要在那样的海岸上游戏?
你要探测梵文和吠陀经的底蕴?
那么,首先要解除那束缚你意志的禁令。

向你们航行呀,向你们的海岸,向你们老迈而凶狠的谜!
向你们航行呀,向你们的支配地位,向你们逼死人的问题!
你们,到处散布着遇难船只的遗骸,它们活着时可从没抵达过你们那里。

航行到比印度更远的地方去呀!
大地和天空的奥秘啊!
你们海上波涛的奥秘啊!蜿蜒的小溪与江河的奥秘啊!
你们林地与田野的奥秘啊!你们,我的国土上的巍巍高山的奥秘啊!
你们大草原的奥秘啊!你们灰白岩石的奥秘啊!
朝霞啊!云彩啊!雨雪啊!

白天和黑夜啊,向你们航行!

太阳和月亮以及你们全部的星星啊!天狼星和木
　　星啊!
向你们航行!

航行,赶快航行呀!热血在我的血管里燃烧!
走啊,灵魂!赶快起锚!
把粗绳砍断——拉出来——抖开每一张风帆!
难道我们像树木生长在地上那样站在这里还不够
　　长久?
我们趴在这里像畜生一样吃着喝着,难道还不够
　　长久?
我们用书本把自己弄得头昏眼花,难道还没有
　　弄够?

驶出去——专门驶向深水区,
要无所顾虑,灵魂哟,向前探索,我同你、你同我靠
　　在一起,
因为我们的目的地是航海者还没有敢去过的,
而我们甘愿冒险,不惜船只和一切,连同我们
　　自己。

我的勇敢的灵魂哟!
更远更远地航行吧!

啊,大胆的欢乐,可是安全！难道它们不都是上帝的海面？

啊,航行,航得更远,更远,更远！

# 神圣的死的低语

## 神圣的死的低语

我听见神圣的死的喃喃低语,
暗夜所发出的唇音的闲谈,咝音的合唱,
步履轻轻地上升,神秘的微风柔缓地飘动,
看不见的河川的微波,永远不停的流着的浪潮,
(或者那是眼泪溅起的水花么?人类眼泪的不测
　的渊海么?)

我仰望天空,看见巨大的云堆,
这些云悲哀地悠然舒卷着,无声地扩大而且彼此
　混合,
不时,远处一颗半明半暗的悲愁的星星,
现出来而又消逝了。

(这可以说是一种分娩,一种庄严不朽的诞生;
在眼力所不及的边境,
有灵魂正飘然飞过。)

## 一只无声的坚忍的蜘蛛

一只无声的坚忍的蜘蛛,
我看出它在一个小小的海洲上和四面隔绝,
我看出它怎样向空阔的四周去探险,
它从自己的体内散出一缕一缕一缕的丝来,
永远散着——永不疲倦地忙迫着。

而你,啊,我的灵魂哟,在你所处的地方,
周围为无限的空间的海洋所隔绝,
你不断地在冥想、冒险、探索,寻觅地区以便使这
　　些海洋连接起来,
直到你需要的桥梁做成,直到你下定了你柔韧的
　　铁锚,
直到你放出的游丝挂住了什么地方,啊,我的灵
　　魂哟!

## 给一个即将死去的人

我从所有的人中把你挑出,有个信息要告诉你,
你快要死了——让别人对你高兴怎么说就怎么说
　　吧,我可不能含糊,
我是严格无情的,但是我爱你——你已经没有
　　生路。

我将右手轻轻地搁在你身上,你刚好能感觉到,
我不理论,我低低地俯下头来,把它部分地遮住,
我默默地坐在一旁,我仍然忠诚于你,
我不仅仅像个护士,不仅仅像个父亲或邻居,
我使你在肉体上摆脱一切,除了你精神上的自己,
　　那是永恒的,而你自己一定能脱离,
你要留下的尸体将只是排泄物而已。

太阳在意想不到的方向突然冒出,
坚强的思想和信心充塞着你,你微笑着,

你忘记自己是在病中,犹如我忘记你病了,
你不看药物,你不注意哭泣的朋友们,我同你在
  一起,
我将旁人与你隔离,没有什么可怜悯的,
我并不怜悯,我祝贺你。

## 草原之夜

在草原上的夜里,
晚餐过了,火在地上轻轻地燃烧,
疲倦了的移民裹着他们的毯子睡着了,
我独自漫游,——我站着观望现在想来我以前从
　　没有注意过的星星。

现在我吸取永生与和平,
我羡慕死,我考察各种问题。

多么丰饶!多么高尚!多么简明哟!
同样的一个老人和灵魂——同样的旧有的渴望,
　　同样的满足。

直到我看见非白天所展示的一切,我一直以为白
　　天最为光辉灿烂,
直到在我的周围无声地涌现出千万个其他的地

球,我一直以为这个地球已经很足够。

现在空间和永恒的伟大思想已充满了我,我要以
　　它们来测量我自己,
现在我接触到别的星球的生命,这生命跟大地上
　　的生命一样来自遥远的地方,
或是将要来到,或是已经超过了大地上的生命,
此后我将不再漠视它们,正如我不漠视我自己的
　　生命,
或者那些在大地上跟我一样进展的,或将要来到
　　的生命。

啊,我现在看出生命不能向我展示出所有的一切,
　　白天也不能展示出所有的一切,
我看出我得等待那将由死展示出来的东西。

## 当我观看农夫在耕地

当我观看农夫在耕地,
或者播种者在田野撒种,或收获者在收割,
我从那里看见了,生活与死亡哟,你们的类似
　之处;
(生活,生活就是耕种,因而死亡就是收获。)

# 从正午到星光之夜

## 脸

### 1

在大街上徘徊,或者骑着马在乡村的小道上驰过,
  看哪,这么多的人脸!
友爱的、严正的、深思的、和蔼的、理想的脸、
有精神预感的脸、总是受欢迎的普通的仁慈的脸、
歌唱音乐的脸、后脑广阔的律师与法官的威严
  的脸、
前额凸出的猎人与渔人的脸、剃刮得很干净的正
  教市民的脸、
纯洁的、夸张的、渴求的、疑问的艺术家的脸、
某些包藏着美丽的灵魂的丑陋的脸、漂亮的被憎
  恨或轻视的脸、
孩子的圣洁的脸、多子的母亲的发光的脸、
爱恋者的脸、表示尊敬的脸、

如同梦一样的脸、如同坚定的岩石一样的脸、
完全隐去了善与恶的脸、被阉割了的脸,
如一只剽悍的鹰,他的双翼被剪翼者所剪割,
更如最后终于听命于阉割者的绳索和利刀的大
　雄马。
这样在大街上徘徊,或者横过不断来去的渡船,这
　多的脸呀,脸呀,脸呀,
我看着它们,并不抱怨,所有这些脸都使我很
　满足。

## 2

你想假使我以为这些脸就表示出它们本身的究
　竟,我对于它们还会满足么?

现在这张脸对于一个人是太可悲了,
卑贱下流的虱子在上面苟且偷生,
长着乳白色鼻子的蛆虫在上面蠕动蛀蚀。

这张脸是一只嗅着垃圾的狗的突鼻,
毒蛇在它口里面做窝,我听得见咝咝的叫声。

这张脸乃是比北极海更凄寒的冷雾,
它的欲睡的摇摆着的冰山走动时嘎吱作响。

这是苦刺丛的脸,这是呕吐者的脸,它们不需要招贴,

更还有一些像药棚、毒剂、橡胶或猪油的脸。

这是癫痫病者的脸,它的不能说话的舌头叫出非人的叫声,

它的颈项上的脉管膨胀着,它的眼睛转动着完全露出白眼,

牙关紧咬着,拳曲的指甲透进了掌心的肉里,

这人倒在地上挣扎着,吐着白沫,而意识是清醒的。

这是为恶鸟和毒虫咬伤了的脸,

而这是谋杀者的半出鞘的刀子。

这张脸还欠着打钟人的最可怜的薪金,

一种不停的丧钟在那里响着。

## 3

我的同辈的人的面貌,你们要以你的皱纹满面的和死尸一般苍白的前进来欺骗我么?

告诉你,你欺骗不了我。

我看得见你那滚圆的永远抹不去的暗流,

我能看透你那失张失智的鄙陋的伪装。

不管你怎样扭曲你的肢体,或如鱼类或鼠类虚晃
　着你的前肢,
你的假面一定会被揭开。

我看见疯人院里最污垢的满是唾沫的白痴的脸,
我自幸知道他们所不知道的东西,
我知道那个使我兄弟贫穷破产的管理人,
这个人现在正等待着清除破落的住屋里的垃圾,
我将在一二十代以后再来观看,
我将遇见真实的完美无损的地主,每一寸都如同
　我自己一样的美好。

## 4

上帝前进着,不停地前进着,
前面总有一片阴影,他总是伸出手来拖起落后
　的人。

从这脸上出现了旗帜和战马,——啊,壮丽呀!我
　看得见那里来的是什么,
我看见先驱者的高冠,看见清除街道的疾走着的
　人群,
我听到了凯旋的鼓声。

这张脸是一只救生船,
这是威严的长着浓髯的脸,它不要求别人的让步,
这张脸是可以啖食的香果,
这健康的诚实的青年的脸,是一切善的纲领。

这些脸不论睡着醒着都证明,
它们乃是神自身的子孙。

在我所说的话里面,无例外,——红人、白人、黑
　　人,都是神性的,
每一家室都是一个孕育神的子宫,千年之后它才
　　生育。

窗子上的污点或裂纹并不使我烦恼,
后面站立着高大完全的人向我示意,
我看见了希望并忍耐地期待着。

这是盛开的百合花的脸,
她向着靠近花园栅栏的腰肢健捷的男人说话,
"到这里来呀,"她羞答答地叫,"到我跟前来,腰
　　肢健捷的男人,
站在我旁边,让我高高地靠在你身上,
以白色的蜜充满我,向我弯下身来呀,
用你的刚硬的浓髯抚摩我,抚摩我的胸脯和我的

双肩。"

## 5

一个有很多孩子的母亲的年老的脸,
听着呀,我完全满足了。

星期一清晨的烟雾沉静而迟缓,
它悬挂在篱旁的一排树上面,
它薄薄地悬挂在树下的黄樟、野樱和蔾藜上面。

我看见晚会中的盛装的贵妇人,
我听着歌者的长久的歌声,
听着谁从白色的水沫和青色的水波中跃进红色的
　　青春。

看这一个女人!
她从奎克教徒的帽子下向外窥视,她的脸比青天
　　还要清朗和美丽。

她坐在农家阴凉的廊子里的躺椅上,
太阳正照着她的老年人的白头。

她的宽大的外衣是米色的葛布作成,
她的孙儿们在理着亚麻,孙女们则在用线杆和纺

轮纺织。

这大地的柔美的性格,
这哲学不能超过也不愿超过的完美的境界,
这人类的真正的母亲。

## 磁性的南方啊!

磁性的南方啊!闪耀的、喷香的南方啊!我的南方啊!
急躁的气质、刚强的血气、冲动和爱!善与恶!这一切对我都多么可爱呀!
我出生地的东西——那里所有活动的东西和树木——谷物,植物,河流——对我是多么可爱呀!
我自己的缓慢而懒惰的江河,在那儿远远地流过平坦的、闪着银光的沙滩或穿过沼泽的江河,对我是可爱的,
罗阿诺克河,萨凡纳河,阿塔马哈河,佩迪河,汤比格比河,桑提河,库萨河和萨拜因河,对我是可爱的,
啊,我沉思地在远处漫游,如今带着我的灵魂回来再一次访问它们的两岸,
我再一次在佛罗里达明净的湖泊上漂浮,我在奥

基科比湖上飘浮,我越过圆丘地带,或穿过令人
　　愉快的空地或稠密的林区,
我看见林中的鹦鹉,我看见木瓜树和正在开花的
　　梯梯树;
我驾着我的贸易船行驶在佐治亚附近的海面,我
　　沿着海滨向卡罗来纳航行,
我看见充满活力的橡树生长的地方,我看见长着
　　黄松,芳香的月桂树,柠檬和柑橘,柏树和优美
　　的矮棕榈的地区,
我经过崎岖的海岬,由一个小港驶进帕姆利科海
　　湾,然后将我的目光向内地投去;
啊,棉花地! 茂盛的稻田,蔗田,大麻田!
披着护身刺儿的仙人掌,开着大白花的月桂树,
远处的山梁,茂密的地方和光秃的地方,负荷着槲
　　寄生和蔓延的苔藓的古老林木,
松树的香味和暗影,自然界可怖的沉寂,(在这些
　　稠密的沼泽里海盗带着枪,逃亡者有他们隐蔽
　　的茅屋;)
多神奇的魅力啊,这些很少有人到过和几乎无法
　　通行的沼泽,蛇蝎出没于其中,回响着鳄鱼的吼
　　叫、猫头鹰和野猫的悲鸣,以及响尾蛇的呼噜,
那知更鸟,美洲的小丑,整个上午都在歌唱,整个
　　月明之夜都在讴歌,
那蜂鸟,那野火鸡,那浣熊,那负鼠;
一块肯塔基玉米地,身材高挑的、姣好的、叶子很

长的玉蜀黍,修长的,摆动着的,翠绿色的,披着流苏,携着严严地包在外壳中的棒杵;

我的心哟！那敏感而猛烈的剧痛哟,我忍受不住了,我要走;

啊,做一个我在那里长大的弗吉尼亚的人,做一个卡罗来纳人呀!

啊,多么无法抑制的渴望！啊,我要回到亲爱的田纳西去,永远也不再漂流。

## 高 出 一 筹

谁走得最远了呢?因为我想走得更远些,

谁是公正的呢?因为我想要做世界上最公正的人,

谁最愉快呢?我想那是我啊——我想从没有人比我更愉快,

谁最谨慎呢?因为我要更加谨慎,

谁滥用了一切呢?因为我经常滥用我的最宝贵的东西,

谁最骄傲呢?因为我想我有理由做当今最骄傲的人——因为我是这个刚健而高大的城市的子民,

谁是勇敢而忠实的呢?因为我要做宇宙间最勇敢最忠实的生命,

谁是仁慈的呢?因为我要比所有别的人显示更高的仁慈,

谁得到了大多数朋友的爱呢?因为我懂得受到许

多朋友的热爱是什么意思,

谁具有一个完美而为人所爱慕的身体呢?因为我不相信任何人有一个比我的更为完美或更受爱慕的身体,

谁有最丰富的思想呢?因为我要囊括所有那些思索,

谁创作了与人世相称的赞歌呢?因为我如醉如狂地要为全世界创作欢乐的赞歌。

# 别离的歌

## 日落时的歌

白日消逝时的光辉,让我漂浮、把我注满的光辉,
充满预示的时刻,追忆过去的时刻,
使我喉咙膨胀的、神圣而平凡的你哟,
大地和生活,我歌唱你,直到最后一线光辉。

我的灵魂张着大嘴喊出自己的欢欣,
我的灵魂的眼睛注视着完美,
我的自然生活忠诚地赞美着一切,
永远证实事物的胜利。

每一个都是卓越的呀!
我们给空间、给有着无数神灵的天体的命名是卓
  越的,
一切存在之物、甚至最小昆虫的运动的奥秘是卓
  越的,
语言的特征,各种感官和身体,是卓越的,

正在消逝的光辉是卓越的——西天新月上的苍白
的反照是卓越的,
我所看到的、听到的、触到的一切一切,都是卓
越的。
好事寓于一切之中,
在动物的满足和镇静之中,
在季节一年一度的降临之中,
在青春的欢闹之中,
在成年期的力气和旺盛之中,
在老年的庄严和高雅之中,
在死亡的壮丽远景之中。


死去是奇妙的啊!
留在这里是奇妙的啊!
心脏喷射着全都一样的纯洁的血液!
呼吸空气,多么美妙呀!
说话,——走路——用手抓什么东西!
准备睡觉,上床,瞧着我这玫瑰色的肌肤!
意识到我的身体,那么满意,那么魁伟!
成为我自己这个不可思议的上帝!
并且与别的上帝一起向前走去,与我所爱的这些
男男女女一起。


我那样赞美你和我自己,多么奇妙呀!
我的思想在多么细致地琢磨周围的景象呀!

浮云多么静静地在头上飘过呀!
地球在怎样向前疾驶,太阳、月亮、星辰在怎样向
　　前疾驶呀!
水在怎样嬉戏和歌唱呀!(它无疑是活的!)
树木怎样以强大的躯干和枝叶在上长和站立起
　　来呀!
(无疑在每一棵树中还有别的什么,有某个活的
　　灵魂。)

一切事物——甚至最小微粒的惊人之处哟!
事物的灵性哟!
那漂过了各个时代和大陆、如今来到我和美国身
　　边的悦耳乐曲哟!
我拿起你那些强大的和弦,将它们散布,愉快地向
　　前传去。

我也歌唱太阳,在它东升、当午或像此刻西沉的
　　时候,
我也为地球及其一切生长物的智能与美所震撼,
我也感觉到了我自己的不可抗拒的呼喊。

当我在密西西比河上顺流行驶,
当我在大草原到处漫游,
当我已经生活过,当我从我的窗户和眼睛向外观
　　望过了,

当我在早晨走出门去,当我注视着东方破晓的
　时候,
当我在东部海滩上,接着又在西部海滩上洗浴时,
当我逛着内地芝加哥的大街以及凡是我到过的大
　街时,
或者那些城市和幽静的林地,甚至在战争环境里,
在凡是我所到过的地方,我都让我自己感到充分
　满足和得意。

我始终歌唱现代或古代的平等,
我歌唱事物的无穷无尽的终曲,
我说大自然长存,光荣长存,
我以带电的声音赞美,
因为我没有发现宇宙间任何不完美的东西,
我也毕竟没看到宇宙间任何可悲的起因或结尾。

落日哟!尽管时间到了,
我仍然在你下面吟唱着对你的毫未减损的赞歌,
　即使别人已不再唱了。

## 现在向海岸最后告别

现在向海岸最后一次告别,
现在与陆地和生活最后一次分手,
现在,航行者出发吧,(等待你的还多着呢,)
你惯常在海上冒险得够了,
谨慎地巡航着,研究航海图,
又准时回到港口,系缆停泊;
但是如今服从你所怀抱的秘密愿望吧,
拥抱你的朋友们,把一切井然地留在身后,
再也用不着回到这海港和系缆处来了,
出发,永不停止地巡航呀,老水手!

# 附录一  七十生涯

## 给那些失败了的人

给那些在宏大的抱负中失败了的人,
给那些在前线冲锋时倒下的无名士兵,
给那些冷静的专心致志的工程师——给过分热情
　　的旅行者——给船上的领航员,
给那许多无人赏识的崇高的诗歌和图片——我要
　　竖一块丰碑,头上顶着桂冠,
高高地、高高地耸立在其他碑石之上——给一切
　　过早地被摧折的人,
被某种奇怪的烈火般的精神所迷住的人,
被一种过早的死亡所扑灭的人。

## 选自五月的风光

苹果园,树上开满了花朵;
麦田像翠绿的地毯远远近近地铺展,
每天早晨都洋溢着无穷无尽的清芬,
午后和煦的阳光黄灿灿地如透明的轻烟,
缀满紫色或白色繁花的丁香丛更显得劲健。

## 格兰特将军之死

威武的演员一个又一个退出了,
从永恒的历史舞台上那场伟大的表演,
那惊人的、不公平的战争与和平——旧与新的斗争的一幕,
在愤怒、恐惧、阴沉的沮丧以及多次长期的僵持中打完了决战;
一切都过去了——从那以来,退入到无数的坟墓里,像烂熟的果实,
胜利者的和失败者的——林肯的和李①的坟墓——如今你也和他们在一起,
伟大时代的人物哟——而且无愧于那些岁月!
来自大草原的人哟!——你的角色曾是那样错综复杂而艰苦,
可是它给扮演得多么令人钦佩!

---

① 美国南北战争中南部军队的统帅。

# 老年的感谢

致以老年的感谢——我临走之前的感谢,
对健康,中午的太阳,摸不着的空气——对生活,
  只要是生活,
对那些宝贵的总是恋恋不舍的记忆(关于你,我
  的慈母;你,父亲;你们,兄弟、姐妹、朋友,)
对我的全部岁月——不只是那些和平的岁月,战
  时也一样,
对那些来自外国的温柔的言语、爱抚和礼物,
对殷勤的款待——对美妙的欣赏,
(你们,远方的、默默无闻的——年轻的或年老
  的——无数亲爱的普通读者,
我们从未谋面,也永远不会相见了——不过我们
  的心灵长久地、紧密而长久地拥抱着;)
对个体,集团,爱情,事业,文字,书籍——对色彩,
  形态,
对所有勇敢而强壮的人——忠诚而坚韧的人——

他们在各个时期、各个地方曾挺身保卫自由,
对那些更勇敢、更强壮、更忠诚的人——(我走之
　　前将一种特殊的荣誉献给那些生存战争中的获
　　选者,
诗歌和理想的炮手——伟大的炮兵们——灵魂的
　　船长,最前面的先导者:)
作为一个战争结束后回来的士兵——作为千千万
　　万旅行者之一,向背后那长长的行列,
致以感谢——欢欣的感谢啊!——一个士兵的、
　　旅行者的感谢。

## 草原日落

闪耀的金黄、栗色、紫色,炫目的银白、浓绿、淡褐,
整个地球的广阔无垠,和大自然丰富多样的才能,
　　都一时委身于种种颜色;
那光,那些至今未被认识的色彩所具有的共同
　　形态,
没有限制和范围——不仅在西方天际——最高的
　　顶点——还在北方,南方,整个地球,
纯净明亮的色彩与静悄悄的黑影搏斗着,直到
　　最后。

## 附录二　再见了,我的幻想

## 我的七十一岁

越过了六十岁又十年的光阴,
连同它们全部的机会,变迁,损失,悲戚,
我父母的死亡,我生活中的变故,我的许多揪心的
　　感情,六三年和六四年的战事,
像一个衰老残废的士兵,在一次炎热、疲惫的长途
　　行军之后,或者侥幸地闯过一场战役,
今天在薄暮时蹒跚着,以高昂的声调答应连队的
　　点名,"有,"
还要报告,还要到处向长官行礼。

## 《草叶集》的主旨

不是为了排除或限制,或者从多得可怕的群体中
　　挑拣罪恶,(甚至加以暴露,)
但是要增加、熔合,使之完全,发展——并且歌颂
　　那些不朽的美好之物。

这支歌是傲慢的,包括它的语言和眼界,
为了跨越空间和时间的广大范围,
进化——累积——成长与代代嬗替。

从成熟的青年期开始,坚定不移地追求,
漫游着,注视着,戏弄着一切——战争,和平,白天
　　黑夜都吸收,
从来乃至一个小时也没有放弃过自己的雄图,
此刻在贫病衰老之中我才来把它结束。

我歌唱生命,不过我也很关心死亡:

今天阴郁的死神跟踪着我的步履和我这坐着的形骸,并且已经多年了——
有时还逼近我,好像面对面地瞧着。

## 再见了,我的幻想!

再见了,我的幻想!
别了,亲爱的伴侣,我的情人!
我就要离开,但不知走向何方,
或者会遇到什么命运,或者我还能不能再看到你,
所以再见了,我的幻想。

让我回头看一会吧,——这是我最后的一次;
我心里那时钟的滴答声更缓慢、更微弱了,
退场,天黑,心跳也即将停止。

我们在一起生活、享乐和彼此爱抚,已那么久长;
多惬意呀!——可现在要分离——再见了,我的
  幻想。

不过,别让我太匆忙吧,
我们的确长期在一起居住,睡觉,彼此渗透,的确

混为一体了；

那么,我们要死就一起死(是的,我们会保持一体,)

如果我们上哪儿去,我们将一块走,去迎接可能发生的一切,

也许我们的境遇会好一些,快活一些,并且学到点东西,

也许是你自己在把我引向真实的歌唱,(谁知道呢?)

也许是你在真正把那临死的门扭开,转过身来——所以最后说一声,

再见了——你好！我的幻想。

# 老年的回声

## 自由而轻松地飞翔

我没有怎么努力去学小鸟婉转歌唱,
我倒醉心于高飞,在寥阔的太空盘旋、来往,
那鹰隼,那海鸥,远比金丝雀或知更鸟更使我
　　着迷,
我并不觉得要悦耳地鸣啭,无论那多么悠扬,
我只希望自由地飞呀,飞得愉快、轻松,而又豪放。

## 补充的时刻

清醒的、随便的、疏忽的时刻,
清醒的、安适的、告终的时刻,
经过我生命中如印度夏天般繁茂的时期之后,
离开了书本——离开了艺术——功课已学完,不
　　再理会了,
抚慰着、洗浴着、融合着一切——那清明而有吸引
　　力的一切,
有时是整个的白天黑夜——在户外,
有时是田野、季节、昆虫、树木——雨水和冰雪,
那儿野蜂嗡嗡地飞掠着,
或者八月的毛蕊花在生长,或冬天的雪片在降落,
或者星辰在天空旋转——
那静静的太阳和星座。

# 知识链接

【文学常识】

一、作家介绍

沃尔特·惠特曼(1819—1892),美国的"诗歌之父"。他生于纽约州长岛一个劳动者家庭,在家里的九个子女中排行第二。他只上过六年学,却依靠自学阅读了希腊、罗马的大部分古典作品。早年他做过学徒、排字工,后担任过教师、记者、撰稿人,办过报纸,每一份工作都做不长。他热衷政治和社会活动,早年在地方民主党的内部斗争中频频被政客利用。他起初写过一些小说和诗歌,后经过一番沉潜和多年的摸索,创造出最代表惠特曼风格的自由体诗,《草叶集》收集了他一生的大部分作品。

《草叶集》得名于惠特曼的诗句:"这便是凡有陆地和水的地方都生长着草。"(《自己之歌》第十七首)实际上,这部极负盛名的诗集历经多次再版和增补。初版问世于一八五五年,只收了十二首诗。之后,《草叶集》在诗人生前又再版了八次,其中最后一版也就是第九版收入诗作三百八十三首。一八九一至一八九二年诗人在去世前准备了《草叶集》的第十版,这时,这部影响越来越巨大的诗集已经包括进去了四百零一首诗。

惠特曼以诗歌为战鼓,极力推动他所处的资本主义急速上升、美国国家迅速崛起时代的民主政治和自由精神。《草叶集》一经问世,就使作者受到了美国诗坛的关注,对世界上很多国家文学的发展乃至历史的创造都产生了有力的影响。

## 二、作家评价

在一个伟大事业开头的时候,为了这样良好的开端,我恭贺您。这个开端将来一定会有广阔的前景。我揉揉眼睛,想看看这道阳光是不是幻觉;但是这本书给我的实感又是明确无疑的。它的最大优点就是加强和鼓舞人们的信心。

——爱默生

他真像个男子汉。

——林肯

惠特曼是美国人中之最伟大者。他是世界上最伟大的诗人之一。

——劳伦斯

惠特曼常以一副满足与胜利的心情不休不止地向未知的世界跃进,他的伟大之自然感情就宿于这个灵之跃进中间。

——田汉

## 三、作品评价

对于才华横溢的《草叶集》,我不是看不见它的价值的。我认为它是美国迄今做出的最不平凡的一个机智而明睿的贡献。

——爱默生

我们喜欢惠特曼、凡尔哈仑,和其他许多现代诗人,我们喜爱《穿裤子的云》的作者(即马雅可夫斯基),最大的原因当是由于他们把诗带到更新的灵域,更高的境地。

——艾青

至于新诗的将来呢,我以为一定很有希望,但须向粗大的方面走,不要向纤丽的方面钻才对,亚伦坡的鬼气阴森的诗律,原是可爱的,但霍拖曼(即惠特曼)的大道之歌,对于解放的民族,一定要能给予些鼓励与激刺。

——郁达夫

## 四、关于自由体诗

惠特曼对于诗学的一个重要贡献,即他创造了现代的自由体诗的形式。惠特曼认为,诗的特性"不在于事物及其表象,而是它们之间的关系的精神",世间万物多种多样,充满差异,对它们的表现不需要表面形式上的机械统一。自由体诗自由,灵活,采取口语,不受音韵与格律的影响,却随情感的表达而节奏自然起伏,铿锵有力,形式上毫不拘泥,有助于诗人进行即时的情感捕捉和还原思想。

惠特曼并不反对诗歌中出现韵律的统一,但认为韵律应该

"自由产生,像枝头的丁香或玫瑰花那样准确而毫无拘束地长出蓓蕾,像栗子、柑橘等等化成自己的形状,并放出奥妙的香味来"。这被后来的研究者称为"思想韵律"或"有机韵律"。

应该注意到,惠特曼创立自由体诗,在时间上具开山鼻祖的意义。惠特曼的同龄人中有梭罗(比惠特曼大两岁),马克思(比惠特曼大一岁),波德莱尔(比惠特曼小两岁),惠特曼集梭罗对美国国家精神的反思、马克思的激进性以及波德莱尔的现代文体创新性于一身,可谓一个时代的诗歌集大成者。若把惠特曼视为十九世纪的浪漫派,他的自由体诗却足以引领二十世纪至今,他的文体的自由开放的活力和包容性不亚于美国二十世纪末的独白派等诗歌。

## 【要点提示】

一、惠特曼在诗歌史上的地位

在美国的历史上,惠特曼被"美国文明之父"爱默生视为美国终于出现的"自己的诗人"。那个时代的美国文学被视为浪漫主义运动与超验主义哲学的结合,而惠特曼是其中最大的代表者,被喻为美国的"诗歌之父"。

惠特曼不仅是美国诗歌的始作俑者,他所开创的自由体诗也影响了二十世纪各国现代诗歌的发展;所弘扬的自由民主精神激励了二十世纪各国的浪漫派作家,进步作家,乃至左翼革命作家。惠特曼无论从形式上,还是精神导向上,都成为二十世纪之后的浪漫派诗歌的引领者。

## 二、《草叶集》不朽的思想光辉

惠特曼的诗歌,作为美国诗歌当中追求自由民主精神的源头,之所以成为源头的卓尔不俗之处,就在于它对于个体精神的弘扬。他的诗作一再强调"一个人的自身""一个单一的个别的人"(《我歌唱一个人的自身》),也就是对于"自我"的专注,把"个体"放到根本的首位。

这个个体,负载着可以无尽地挖掘的个性。对个性的即时捕捉和张扬,要通过人类全体共同的声音来表达,于是才鼓舞了通往民主和全体的道路。

这个个体,是朝向世界和全人类积极连接的,就像一个蜘蛛网,要与世界的每一个角落、每一个他者建立心灵的联结。

而且,这个个体是高扬精神的。"我相信无形的精神成果恰如有形之物那样真实而明确,会通过时间最终归于一切实际生活和完全的唯物主义。"(《〈草叶集〉初版序言》)

惠特曼的诗歌情感强烈,精神崇高,坦诚真率,自由质朴,不仅影响了美国国家精神走向成熟,而且影响了全世界在下一个世纪的历史进展,究其根源,则在于其对于个体性的勇敢不懈的追寻和探究。

## 三、《草叶集》不衰的艺术魅力

除了诗人出众的诗歌才华,灵魂与肉体不断的自我设问,以及瞬间捕捉自我的反思的敏锐,《草叶集》不衰的艺术魅力主要就在于惠特曼文体创新的自觉,即有意开创了自由体诗。他斩钉截铁地说:"现在是打破散文与诗之间的形式壁垒的时候了。"

【学习思考】

一、关于惠特曼的诗歌思想,一般人们注意到他对自由与民主的讴歌;但是在深入的学习中,我们还应该更进一步地看到,惠特曼所抒发的自由民主精神,其实是建立在对自我、对个体的充分认知和领悟的基础上的。所以,在学习的过程中,我们还应该还原惠特曼在诗作中对自我的建构,领会诗人纵横驰骋的诗思、灵感和语言技巧,以及所表现出来的勇气和魅力。

二、情感是人类的精神结构之一,对于精神主体的创造性活动非常重要。阅读惠特曼的诗歌时,我们应该注意领会其中所负载的情感的伟大魄力。惠特曼的诗歌当中对于爱的抒写和描述,曾遭到异议,甚至被当时的"坏书查禁协会"评为有伤风化;实际上,诗人以高尚的情感对于男性和女性的美好生命的歌颂,以普世的精神对于每一个个体的命运的关注,实为其热情洋溢的社会理想的具体依托和灵感来源。换言之,他对于社会理想的探索是建立在对具体的人的爱和关切之情的基础之上的。而与广泛的个体的心灵联结,也正是他的自我生命得以张扬扩充的途径。上述这一点可谓理解惠特曼诗歌的密码。惠特曼的诗歌,就形式和思想来说,在今天不难理解,但对于这些作品中所表达的情感,人们可能还理解得不够,这也是我们在阅读中应该用心领会的地方。

三、读完《惠特曼诗选》,胸中当自有诗意,请创作一首自由体诗歌。

(朝园 编写)

# 过华清宫绝句（其一）

[唐] 杜牧

长安回望绣成堆，山顶千门次第开。
一骑红尘妃子笑，无人知是荔枝来。

· 选自《杜牧集系年校注》樊川文集卷第二（中华书局2008年版）。
· 绣成堆：骊山右侧有东绣岭，左侧有西绣岭。唐玄宗在岭上广种林木花卉，郁郁葱葱，花草锦绣。
· 千门：形容山顶宫殿壮丽，门户众多。